Theodor Seidenfaden

Die zwölf Monate des Jahres

Theodor Seidenfaden

Die zwölf Monate des Jahres

Rheinländische Märchen
auf die zwölf Monde
des Jahres

Novalis Verlag

Illustrationen und Umschlag:
Daniel Boillat Dornach CH

Novalis Verlag
CH-8201 Schaffhausen
Mit freundlicher Genehmigung
vom Hansen Verlag

Inhalt

Hartung
(Januar)

Ob auch der Hartung friert und kracht:
Die Sonne lebt. Sie steigt und wacht!

Die drei Arbeiten

Vor Zeiten schritt an einem frostklaren Januarmorgen ein Meisterknecht, dem der Hosenboden aus den Nähten hing, trotz der hellen Sonne bekümmert durch den Wald. Er sah nicht rechts und links und murmelte vor sich hin: «Wenn der Tod käme, mich mitzunehmen, fände er an mir einen guten Gesellen; ich bin das Leben leid; er fordert wenigstens wie der Teufel kein Geld, und das ist das Beste in dieser ungerechten Welt!» Sein Bauer, ein dicker Filz, hatte ihm den Dienst gekündigt und ihm nicht gesagt, wovon er hinfort die Frau und seine sechs Kinder nähren solle, und das war, wiewohl er sonst nicht leicht den Kopf hängenließ, eine harte Nuß, zumal in diesen Winterwochen.

«Soll die Erde tragen», sprach er, «so muß man sie plagen, gewiß, und gut ackern ist halbe Düngung und besser als beten und singen. Zehn Jahre diente ich ihm und hielt durch, wenn es auch schwer war. Was nützt mich nun meine Kunst? Januarsonne hat weder Kraft noch Wonne. Vor Lichtmeß stellt mich kein Bauer ein. Was wird meine Frau sagen?»

Als er an den Sieben Wegen zu der zweihundertjährigen Eiche mit dem hohlen Stamm kam, schlüpfte ein graues Männlein auf ihn zu. Es trug ein rotes Samtmieder und blaue Hosen, und der Bart hing ihm bis auf die Zehen, während die Zipfelmütze an die Fersen reichte, die in Silberschuhen steckten. Das Männlein blickte ihn an und meinte: Er schaue drein, wie wenn er eine Brotrinde im Hals würge; was ihm fehle?

Der Meisterknecht sah das Männlein, die Eiche und die Sieben Wege, sah auch den Eichelhäher, der frech auf einem kahlen Aste saß und ihn anblickte, und da er froh war, sein Wort weiter spinnen zu können, erzählte er von seiner Not und fluchte des Bauern, der vor Geiz berste und ihm verboten habe, heute den Mist auf das große Kleestück zu fahren: Er wisse, was einem Acker zustehe, und wisse, wann es Zeit sei; der Bauer aber sei ein Troddel und habe einen Vorwand gesucht, ihm den Stuhl vor die Tür setzen zu können; man sei doch ein Mann und könne nicht mit sich spielen lassen.

So etwa sprach er zu dem Männlein, das ihm pfiffig zuhörte und erwiderte: Wer sich bei einem Geizigen wärmen wolle, müsse das Feuer mitbringen; er trage es deshalb in der Tasche und greife hinein, so oft er Lust habe; glückselig sei der Mann, der mit dem eigenen Ochsen ackern könne; er werde nie arm!

Damit zog er einen verschabten Lederbeutel aus dem Hosensack, knüpfte sein Riemchen ab und forderte den Meisterknecht auf hineinzutasten: er berge Glück und helfe ihm, selbst ein Bauer zu werden; was auch komme – der Pflug erhalte die Welt, und seine Arbeit berge die stärkste Hoffnung.

Der Knecht, den der Umgang mit dem geizigen Brotherrn mißtrauisch gemacht hatte, zögerte und schaute den kleinen Kerl eine Weile fragend an. Es war so still im Walde, daß er den eigenen Atem hören konnte, und er dachte: Wenn es nicht heller Morgen wäre und die Bäume halb weiß und halb schwarz vor mir ständen und ich nicht die Sieben Wege, die von der Eiche in den Wald hineinlaufen, dicht vor mir sähe, müßte ich glauben, ein Traum narre und ängstige mich; aber es ist wahr: Der Bauer warf mich hinaus, und es ist Winter, und hier steht einer, der mir helfen will. Was kümmern mich die Umstände?

Als ihm das Männlein lustig zuzwinkte, folgte er seinem Vorschlage, griff in den Beutel und hielt plötzlich ein Dutzend blanke Taler in der Hand, die ihn wie Sterne anlachten. Soviel Geld hatte er zusammen noch nie gesehen, und das Männlein giffelte: «Wenn du mit den Schellen kommst, springen dir alle Türen auf, und bald liegen deine Böden voll Getreide, stehen auf deinen Wiesen fette Kühe, und starke Ochsen oder Pferde ziehen deinen Pflug. Stecke die Taler ein und lange wieder zu.»

Das ließ sich der Meisterknecht nicht zweimal sagen. Er barg die Taler sorglich in seine Hosentasche und holte eine zweite Hand voll aus dem schäbigen Beutel. Die wickelte er mit dem ersten Dutzend in das Sacktuch, knotete es zu und freute sich dabei der feinen Musik, die aus dem Sacktuch durch den Wald klang und den Augen des Männleins grüne Blitze entlockte. Sie fielen auf die vereisten Karrenspuren der Fahrwege, blinkerten um die Stämme und verschwanden wieder, als das Männlein fragte, ob ihm der Beutel gefalle.

Der Knecht, dem nach der betrüblichen Auseinandersetzung mit dem Bauer das seltsame Spiel die Sinne fesselte, erwiderte: «Das glaube ich schon. Er könnte mir helfen, Löcher stopfen, die schon jahrelang in meine Stube gähnen. Wer aber wird ihn aus der Hand geben?»

Da meinte das Männlein, an seinem Barte zupfend: Für zehn Jahre solle er ihn haben, wenn er sich verpflichte, ihm seine Seele zu schenken, und das sei leicht nach einem Leben der Freude, dem bei jedem Schritt neuer Reichtum zuströme!

Über das Wort von der Seele erschrak jedoch der Knecht derart, daß er zurückfuhr, sich wider die Eiche lehnte und das Männlein entgeistert anstarrte. Er sah den treuen Blick seiner Frau und die sechs Kinder, dachte an seine Mutter, die, vierundneunzigjährig, vor acht Monaten gestorben war, an seinen Vater, der schon lange auf dem Friedhof lag, und glaubte, er müsse vor dem Blick des Männleins und seinem Worte zu Eis werden. Das Männlein hingegen, dem die Augen wie Irrlichter flunkerten, weil es erkannte, wie sehr der Knecht noch am Glück seiner Seele hing, fuhr fort: «Da der Morgen licht und deine Not groß ist, will ich dir helfen. Im Winter wird auch das härteste Herz weich. Drei Aufgaben sollst du mir am Ende der Zeit stellen: Löse ich sie nicht, dann bist du frei, gelingen sie mir, so nehme ich dich mit!»

Der Meisterknecht sann nach, und da sich das Eis seines Blutes zu lösen begann, dachte er schließlich, es sei unklug, nach dem Monde zu greifen und sich dabei die Nase zu schleifen, in zehn Jahren wachse und sterbe mancher Baum, und für drei Zwergarbeiten finde sich schon guter Rat; er sei lange genug Narr gewesen und fasse zu; er tue es nur, seiner Frau und den Kindern zu helfen, ein Jahr sei lang, der Tage zähle man viel und der Mahlzeiten noch mehr, und das Hemd sei einem näher als der Rock; arbeiten wolle er trotzdem; schon um einer Erbse willen steige ein rechter Bauer vom Pferd; einen Beutel mit Talern aber lasse niemand am Wege liegen!

Also richtete er sich auf und hielt dem Männlein die Rechte zum Pakt hin, und es schlug mit heißem Griff ein und blickte den Knecht an, wie wenn es ihn hätte durchleuchten wollen. Er wunderte sich über die Stärke des Männleins, erschrak zum andernmale und zuckte zurück, als ihm der Beutel vor die Füße flog, das Männlein aber verschwand und der Häher mit krächzendem Schrei auf- und davonschwirrte.

Da sagte sich der Knecht, der Januar sei weiß und die Sonne scheine, da müsse der Sommer glühen und gut sacken; es könne nicht fehlgehen; er wolle also dem Männlein glauben und einen neuen Tag beginnen. Also hob er den Beutel auf, griff noch einmal hinein und freute sich, daß ihm wieder zwölf Taler in die Hand sprangen. Nun ist's richtig, schmunzelte er, wenn es so bleibt, fehlt mir bald die Zeit, meine Taler zu zählen.

Er steckte sie in die Tasche, drückte den Beutel hinterher und ging über den breitesten der Sieben Wege seiner Hütte zu, die am Ausgang des Waldes lag, fast eine Stunde weit vor dem Dorfe seines Bauern. Die Tannen zu beiden Seiten ragten hoch, und hier und da huschten Kaninchen auf, die zwischen dem gefrorenen Schnee nach Zäpfchen schnupperten.

Ihn kümmerte der Frost nicht mehr; denn während er daherging, sah er, wie sich der Wald und bald auch die Felder, die jenseits des rechten Tannenschlages lagen, verwandelten, wie die Tannen frische Spitzen ansetzten und aus den Schollen Halme brachen, wie schließlich Saatfelder gleich einem Meere wogten und hinter ihnen ein Gutshof stand, den er sich aufgebaut hatte. Er vergaß die Kälte und roch gleichsam den heißen Dunst, der über einem reifen Kornfelde zu schweben pflegt.

Gewiß merkte er, als er aus dem Walde trat und das windschiefe Fachwerk seines kleinen Hauses erkannte, daß er auf seinem Wege nur geträumt hatte, und gleichzeitig wußte er, wie schwer es sei, selbst wenn man Geld habe, einen Bauernhof mit einem Garten, mit Wiesen und Feldern aufzubauen, den Traum also zu verwirklichen. Doch seine beiden Fäuste – davon war er überzeugt – wogen mindestens so viel wie zwei Truhen blanker Taler, und da die Taler nun zu den Fäusten kamen, konnte er seiner Frau und den Kindern mit lachendem Blick erklären: «Wenn die Tage anfangen zu längen, fängt der Winter an zu strengen. Das meinte auch mein Bauer und setzte mich heute morgen auf die Straße. Deshalb komme ich heim. Aber ich sorge mich nicht: Ich werde selbst Bauer.»

Die Frau glaubte, er sei nicht recht im Oberstübchen, wunderte sich jedoch, als er ihr blanke Taler auf den Tisch zählte und sagte: «Was andere können, gelingt auch uns, wenn wir nicht auf der faulen Haut liegen. Dreimal drei ist neun und viermal fünf zwanzig.»

Da ihn die Frau fragte, woher er das Geld habe, meinte er, das sei ein Geheimnis und sie dürfe nicht mehr darnach fragen, sonst beginne das alte Elend wieder; es gehe schon mit rechten Dingen zu!

Sie glaubte ihm, und bald begann das andere Leben. Zunächst kauften sie Butter und Brot und Fleisch und aßen, wie sie sonst nur an Kirmestagen hatten essen können. Dazu setzten sie sich gründlich in Kleider und Schuhe, und um Lichtmeß gelang es dem Meisterknecht, der Bauer werden wollte, durch ein Überangebot soviel Land und Vieh zu kaufen, daß er seinen Betrieb beginnen konnte. An die Stelle des kleinen Hauses trat ein Gutshof mit breiten Ställen und einer Scheune, und die Maurer und Zimmerer, der Dachdecker und der Schmied arbeiteten gern für den neuen Herrn, der gut zahlte und kein Murrkopf war. In die Ställe wanderten Kühe und Kälber, auch ein Stier, Pferde, Füllen, Schafe und Schweine, Hühner und Gänse. Zu dem Wohnhause führte eine breite Steintreppe, und an der Eichentür hing ein Klopfer aus blitzblankem Kupfer. Auch grüne Läden ließ der Bauer neben die Fenster hängen, und da das Wohnhaus außer dem Erdgeschoß zwei Stockwerke hatte, stand es stattlich hinter den beiden Linden, die der Bauer selbst vor die Treppe setzte.

Es kam so weit, daß kein Bauer der Gegend mehr so recht neben ihm bestehen konnte und sein ehemaliger Herr, wenn er ihm begegnete, die Mütze vor ihm zog. Die Frau besorgte das Hauswesen, und die Kinder gingen mit aufs Feld, Jungen und Mädchen, freuten sich wochentags ihrer Arbeit und an den Sonntagen der neuen Kleider. In den Balken über der Haustür ließ der Bauer den Spruch schnitzen: «Des Hauses Grund und First ist der Mann.» Vor dem Hofe legte er einen Teich an, auf dem seine Enten und Gänse schnatterten und ein Schwanenpaar stille Kreise zog. Die Wiesen ringsum grünten, und ihre Kühe grasten mit prallem Fell und rundem Euter. Dazu schwirrten ihm Tauben in dichten Schwarmen um die Dächer, so daß die Bauern sagten, dem neuen Hofe fliege das Geld durch die Luft zu. Heimlich schimpften sie natürlich und meinten: Dem Knecht wandle sich Mausdreck zu Geld, weil er sich irgendwie dem Teufel verschrieben habe; der werde ihn nachts die Goldmacherkunst lehren und ihm zeigen, wie man dem Altar die Kerzen ausblase, um das Gewissen totzuschlagen.

Den Bauern kümmerte das Gerede nicht.

Wer im Dorfe herumschwatze, schade sich selbst, lachte er; ihm fehle dazu die Zeit; wer seinen Frieden im Haus habe, Glück im Stall und Mist auf dem Felde, der spüre den rechten Wind und stopfe die Ohren zu vor den Mäulern der Müßiggänger.

Er blieb also bei seinem Wege und tat, was der Tag von ihm forderte. Die Sonne ging auf und unter, die Felder wurden grün und gelb und lagen schließlich wieder braun mit frischer Saat in ihrem Schoß, die Kirsch-, Apfel- und Birnbäume blühten und reiften, und Schneewehen trieben und flohen vor dem Frühling: So folgte ein Jahr dem anderen, und dem Bauer, der trotz dem Reichtum ein fröhlicher und treuer Mensch blieb, gedieh, was er anfaßte. Er säte und mähte Roggen und Weizen,

Gerste und Hafer, und seine Frau butterte und machte Käse, und da es die Kinder nicht lockte, den Hof zu verlassen, merkte er kaum, wie sie wuchsen.

An das Männlein und sein Versprechen dachte er lange nicht mehr, weshalb er nicht wenig erschrak, als dieses an einem Januarmorgen, der mit blasser Sonne, aber lauwarmem Winde über dem Lande lag, plötzlich, da er von seinem Hofe fort in den Wald gehen wollte, nach seinen Holzfällern zu sehen, vor ihm stand. «Die zehn Jahre sind um», sagte es, schlug in die Hände und fuhr fort: «Die Stunde der drei Arbeiten ist da. Befiehl, was ich tun soll.»

Das Wort versetzte ihm einen wenig angenehmen Nasenstüber, und er dachte, der Januar habe begonnen, als stünde der Frühling vor der Tür, und das Gras wachse bereits; das sei für den Bauer ein schlechtes Zeichen; wenn die Mücken zu früh tanzten, müsse er im Sommer nach dem Futter gucken, und nun stelle sich das Männlein ein; komme der Mist in wachsendem Mond aufs Land, so nehme das Unkraut zu, und der Mond wachse tatsächlich, und seine Jungen hätten gestern Mist gefahren!

Er sagte das natürlich nicht laut, spielte vielmehr den Überlegenen, sann eine Weile und sah plötzlich den großen Sandhaufen, der vor der Hofmauer lag. «Ein Dutzend Karren fuhr den Sand her», sprach er. «Ich will zum Frühjahr eine Feldscheune bauen. Schaffe den Sand in zwei Stunden an den Waldrand, indem du Korn um Korn trägst und keines verlierst oder liegenläßt. Das sei deine erste Verrichtung.»

Bis zum Walde war es eine Meile, und der Bauer meinte, diese Arbeit bringe den Kleinen eher an den Galgen als seine Seele in dessen Stricke, ließ ihn allein und ging in den Hof, wo er von Stall zu Stall schritt, hier eine Kuh, dort ein Kälbchen streichelte oder einem Pferde eine Handvoll Hafer in die Krippe warf; denn zusehen mochte er dem Männlein nicht.

Dieses aber pfiff auf den fünf Fingern eine seltsame Melodie, ließ sie hinauf- und hinabspielen, bis aus dem Walde ein Heer von Ameisen kroch, und da der Morgen so warm war, bewegten sie sich zu seinem Gepfeife schnell und sicher, und es schien, als breite sich dem Boden ein lebendiger Schleier. Jedes der Tierchen nahm ein Sandkorn auf den Rücken, ruckte zu und jagte mit dem Korn zurück, und bevor zwei Stunden um waren, lag der Haufen getürmt am Waldrande, derweil die Ameisen verschwanden und das Männlein ging und den Bauer im Hoftore traf, von wo

aus er mit steigendem Schrecken erkannte, daß dem Männlein die Aufgabe geglückt war.

Seine Frau und die Kinder, die im Wohnhause oder auf den Äckern waren, den Mist zu spreiten, merkten von seiner Not nichts.

Er verzog, da er den Kleinen so sicher kommen sah, keine Miene und führte ihn vor den Teich, der in diesem Winter noch nicht zugefroren war. «Die Sonne scheint», sagte er, «und der Teich liegt gut gefüllt. Ihn mußt du in zwei Stunden leeren, darfst aber bei keinem Gang mehr als einen Tropfen tragen.»

Das Männlein nickte, daß der Bart bebte, lächelte listig und schritt, während der Bauer wieder in den Hof trat, eine Weile vor dem Wasser auf und nieder, schüttelte den Kopf und blies schließlich zweimal auf dem Finger. Dann rief es – und seine Stimme klang wie eine weiche Flöte:

«Zück, zück! Zück zück:
Wer fliegt, kehrt schnell zurück.
Fliegt hin, fliegt her:
Ein Tröpflein ist nicht schwer.
Zück, zück! Zück, zück:
Ein jeder König trägt das Glück.
Zück, zück!
Zück, zück!»

Indem hob sich aus dem Walde ein Schwarm von Zaunkönigen, der geschwätzig auf das Männlein zuflog und es mit hellem «Zück, zück» umschwirrte. Es winkte zum Teiche hin, worauf tausend und tausend der winzigen Könige über das Wasser glitten und im Fluge einen Tropfen erhaschten. Das rostbraune Gefieder mit den schwarzen Wellenlinien schimmerte und schillerte in der Sonne, und die Könige flogen und haschten so lange, bis der Teich trocken lag und seine Enten und Gänse und die beiden Schwäne betrübt am Ufer hin- und herwatschelten und schnatterten. Die Zaunkönige aber flogen, als ihr Werk getan war, einer bunten Wolke gleich in den Wald zurück, indes das Männlein ging, den Bauer zu holen. Diesmal klopfte ihm doch das Herz bedenklich, als er das Männlein sagen hörte, die zweite Verrichtung sei gelungen, es warte nun auf die dritte Arbeit!

Der Bauer ging stumm neben dem Männlein, zu sehen, ob sein Wort stimme, und da er den trockenen Grund merkte und sich überlistet fühlte, er dazu das ängstliche Geschnatter der Enten und Gänse hörte und sah, wie die beiden Schwäne ihre Flügel spreizten und den langen Hals wanden, wollte ihm eine dritte Aufgabe nicht einfallen. Er dachte schon, das Männlein werde gewinnen: Da bog vom Walde her ein Fuchs auf den Weg. Ihn schien das Geschnatter zu locken, und er schlich an, wie wenn er Enten, Gänse und Schwäne auf einmal hätte schnappen wollen. Daß er, der auszog, zu räubern, an diesem Morgen einem Menschen helfen würde, konnte er natürlich nicht ahnen. Jedenfalls fiel dem Bauer, da er ihn sah, ohne von ihm gesehen zu werden, die dritte Verrichtung ein, und er rief zu dem Männlein hinüber, aber leise, daß der Fuchs es nicht hörte: «Drüben kommt ein Rotschwanz, und hier schnattern Enten und Gänse. Sorge dafür, daß der Fuchs die erste Ente küßt und dann in den Wald geht, ohne einem Tiere auch nur eine Feder zu krümmen. Wenn das gelingt, hast du gewonnen!»

Da schüttelte das Männlein unwillig den Kopf und stampfte den Silberschuh auf, daß der Bartzipfel und die Quaste der Mütze spaßig hin- und herzipfelten und seine Augen wie Irrlichter tanzten. «Das geht über meine Kraft», sagte es und ballte die Fäuste; «die zwei sind wie Himmel und Hölle gegeneinander. Sie küssen sich nie, weil ihre Naturen sich widerstreben. Du bist stärker als ich und hast den Pakt gewonnen.»

Der Bauer lachte und wollte ihm die Hand reichen, zog sie jedoch zurück, als das Männlein mit hinterhältigem Blick den Beutel, der ihn reich gemacht habe, zurück erbat, und er wehrte: So habe die Wette nicht gelautet; er wolle den Beutel hegen und pflegen; geschenkt sei geschenkt, zumal es sich um Geld handle!

Damit ließ er das Männlein stehen und ging in den Hof, als hätte er seinem Leben ein halb Jahrhundert zugesetzt. Seiner Frau, die ihn eine Weile neben dem ausgetrockneten Teich und dem Männlein beobachtet hatte – sie war durch das Gepfeife der Zaunkönige aufmerksam geworden –, sagte er, als sie fragte, was das alles bedeute: Es gebe Dinge, die müsse man schlafend tun; dann wüchsen goldene Äpfel am Wege, und man brauche sie nur zu pflücken; Neugier aber schade, weshalb sie nie mehr nach dem Männlein fragen solle; was geheim sei, müsse geheim bleiben, sonst richte es Elend an!

«Und der Teich?» erwiderte sie. «Bleibt der Teich leer?»

«Den füllt der nächste Regen» scherzte er, «und wenn er säumt, pumpen wir. Unser Brunnen ist tief. Im übrigen sieht der Januar recht nach Nässe aus, und wir können beruhigt sein.»

Da gab sich die Frau zufrieden, und sie lebten weiter, unbekümmert um die Händel der Welt und das Gerede der Nachbarn, und wieder folgte dem Winter der Frühling und spannte den glänzenden Himmelsbogen über den jungen Hof, seine Felder und Wiesen und den Wald, und morgens blitzten tausend Tauperlen im Klee, wenn der Bauer hinausfuhr, Futter zu schneiden.

So kamen und gingen die Tage, und weil der Bauer nie vergaß, daß er einmal ein Knecht gewesen war, wischte sein froher Blick jedem Herzen, das Not litt und sich an ihn wandte, den Staub aus den Winkeln, woher es kam, daß kein Bettler ungestärkt seine Tür verließ.

Nun stand er einmal in einem Herbste, nachdem alle Felder, selbst die Kartoffeln und die Zuckerrüben, abgeerntet waren, gegen Abend im Hoftore und sah der Sonne zu, die rot zwischen den Waldbäumen hing und langsam versank. Da merkte er plötzlich im Spiel der scheidenden Strahlen einen Greis, der sich auf den Hof zuschleppte. Der Bart zitterte ihm weiß und zausig über der Brust, und das Gesicht wies tiefe Runzeln.

Als der Alte in seine Nähe kam, blieb er stehen, hob die Hände und erbat wehleidig eine milde Gabe, ein Stück Brot, eine abgetragene Kappe – «denn er laufe barhaupt durch die schlimme Welt» – oder ein Leinenhemd. Der Bauer, den solche Art abstieß, meinte: Im Vaterlande der Bettler ernte man keinen Weizen, und es scheine, er habe den letzten als Jüngling gegessen; das sei auf seinem Hofe anders: da gehe niemand vorbei, ohne das Weißmehl des Jahres zu schmecken!

Er schickte den Alten in die Küche, und die Frau schmierte ihm zu warmer Milch einen Butterwecken. Der Bettler aß und trank mit Wohlbehagen, wie wenn er seit Tagen gehungert hätte, und zuletzt gab ihm die Frau auch eine Kappe und ein Hemd.

Dann bedankte sich der Alte, wünschte einen guten Winter, schlurfte hinaus und suchte den Bauer. Er fand ihn, nicht weit vom Hofe, neben einem Felde, das sein ältester Sohn über Tag umgepflügt hatte. Das Abendbrot, sagte er, sei reich gewesen, und die Kappe und das Hemd wolle er in Ehren halten, solange er lebe; wenn er nun noch einen Zehrpfennig haben könne, fehle ihm nichts mehr an seinem Glück;

er wisse kaum mehr, wie ein Groschen aussehe, und auch nicht, ob er wieder einen Mann seiner Güte treffe!

Da lachte der Bauer, nahm den Beutel und wollte tief hineingreifen, einmal einen Menschen so recht von Herzen glücklich zu machen. Indem aber wurde der Greis schnell und beweglich, schnappte mit kühnem Griff den Beutel und war verschwunden, ehe der Bauer wußte, was geschah.

Als er begriff, daß nun die Quelle seines Reichtums versiegt war, merkte er erst, weshalb ihm das Gesicht des Alten so bekannt gewesen war, und er wußte bald, daß es dem grauen Männlein zugehörte. Er fluchte und lief eine Weile hin und her, schalt sich seiner Güte wegen und rief: So gehe es, wenn das Herz mit dem Verstande durchlaufe; dann werde man zum Narren und vergesse sich selbst.

Wie er jedoch den Gutshof breit in der untergehenden Sonne liegen und auf der Weide die Zahl seiner Kühe, seiner Pferde und Füllen und den Schwarm der Tauben sah, der auf- und niederflog, lachte er wieder, und er sagte sich: «Das raubt mir keiner, und wenn es geschähe: Meine Fäuste sind stark wie vordem, und die Kinder packen an. Arm ist nicht, wer wenig hat, sondern wer mehr braucht, als er hat, und was ich in der Jugend lernte, wird mir im Alter helfen.»

Eine Zeit wartete er wohl auf ein Unglück, eine Seuche, den Brand der Feldscheune oder einen Hagelschlag. Da aber das Jahr seinen Weg ging, er pflügte, säte und im Winter auf den Ostermond, im Frühling auf die Ernte harrte, wie er es gewohnt war, ohne daß sich seine Befürchtung erfüllte, vergaß er das Männlein, und er lebte bei langen Bratwürsten, dicken Weizensäcken und gefüllten Truhen bis an sein seliges Ende.

Der Hof aber, erzählte mein Großvater, steht heute noch; denn sein Ururgroßvater ist der Meisterknecht gewesen, dem das Männlein in der Stunde der Not den Beutel schenkte.

«Er war ein hagerer Mann», schloß der Großvater seinen Bericht, «und ob er auch im Alter sehr schweigsam wurde: Vor seinem Tode vertraute er das Geheimnis dem ältesten Sohne an, und von dem erfuhren es die anderen, und sie alle hatten von ihrem Vater den mächtigen Glauben geerbt, der im Januar schon die Halme des Getreides, das Sonnenlicht und den warmen Wind der Gebirge sieht und nicht zagt, wenn auch der Schnee meterhoch liegt und wochenlang die Eisblumen der Fenster leuchten.»

Hornung

(Februar)

Der Hornung ist ein schlimmer Mann:
Doch führt er auch die Fasnacht an.

Die Frau vom Rosenmontag

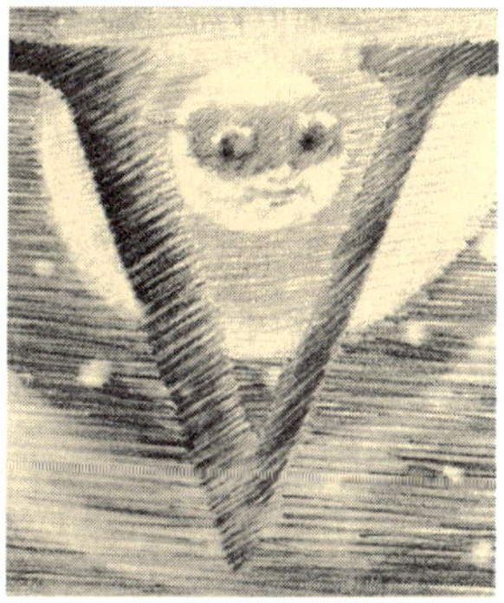

Vor Zeiten lebte in einer kleinen Stadt, die dicht am Rheine lag, ein Schreiber, der gerne geheiratet hätte, aber die rechte Frau nicht fand und deshalb begann, ein Sonderling zu werden. Er konnte im Rathaus, wo er dem Bürgermeister zu helfen hatte, mitunter stundenlang hinter dem Schreibpulte stehen und auf den Marktbrunnen hinabschauen, einen Ritter Georg, der vom Pferde aus den Drachen erstach, derweil nicht weit fort eine Jungfrau mit gefalteten Händen stand. Dem Drachen sprang statt des Feuers ein Wasserstrahl aus dem Rachen in das große Becken, aus dem das Bildwerk wuchs, und die Melodie des Brunnens umschmeichelte den Schreiber, zumal dann, wenn die Sonne die Linden vor dem Fenster der winkligen Stube erhellte. Was er, so stehend, sann, konnte niemand sagen, und vermutlich wäre es ihm selbst unmöglich gewesen, den Strom von Bildern festzuhalten, der sich in solchen Stunden vor seinem Auge bewegte. Der Bürgermeister pflegte, wenn er merkte, daß seine Feder nicht über das Papier lief, zu mahnen, eherner Fleiß bringe es weiter als goldene Muße! Doch was vermochte ein Wort gegen die Melodie des Brunnens, den Ritter und die Jungfrau, die im Sonnenlicht stand, dem Blick des Schreibers gegenüber? Der alte Meister hatte sie so lebendig aus dem Stein gehauen, daß der Schreiber sich schließlich sagte: Sie allein könne ihn von seinen Träumen erlösen, und er suche die Frau, die ihr gleiche.

Aber sie kam nicht, und so verging ein Jahr um das andere, bis der Schreiber plötzlich am Rosenmontagabend einer sehr kalten Fasnacht im Tanzsaale der Stadt eine Jungfrau sitzen sah, die der steinernen seines Brunnens auf ein Haar glich. Sie trug ein grünes Gewand mit goldenem Gürtel, und blondes Haar fiel ihr lang und breit über den Rücken. Den oberen Teil des Gesichtes hüllte eine schwarze Larve. Der Mund aber war – so erkannte er deutlich – ebenso fein geschnitten wie der, zu dem er an den Sonnentagen des Jahres immer wieder hinblickte, und im Kinn entdeckte er das gleiche Grübchen. Die Jungfrau saß einsam an einem kleinen Tische, und keine der Masken kam, mit ihr zu tanzen. Der Schreiber, der nun schon ein Dreißiger war und lange keinen Tanzboden mehr betreten hatte, stand verwirrt. Er wäre am liebsten hingegangen, die Fremde zu einem Tanze zu bitten, einem Rheinländer oder einem Walzer. Doch daran hinderte ihn seine Scheu, und so stand er, trotz seiner Maske – er hatte sich in das rote Kleid eines spanischen Räubers gesteckt –, wie ein Verlorener im Lärm der Schellenmützen, Quietschbälge und Pritschen, sah den Narrenkönig und sein Gefolge, Tanz und Umzug und wußte sich in dieser verkehrten Welt ebensowenig zu helfen wie in der rechten. Hier wird die Magd Fürstin, sprach er zu sich selbst, die Fürstin Magd, und der Knecht wird König, wie der König auf die Stufe des Knechtes sinkt. Ich aber bleibe Schreiber, ob ich auch das Kleid eines spanischen Räubers trage und eine Larve, die mich allem Volke unkenntlich macht.

Er war, einem unruhigen Triebe folgend, gegen seine Gewohnheit zum Tanze gegangen und wäre nach dieser Begegnung auch wieder fortgeschlichen, wenn nicht plötzlich die Maske eines Teufels ihn gescheucht und aufgefordert hätte, aus seiner hölzernen Starre zu erwachen und eine der Schönen in den Arm zu nehmen; dazu sei er hier, träumen könne er daheim im Bett, nicht aber beim Klang der Musik und dem Konfetti-Spiele des Rosenmontages!

Da schickte sich der Schreiber denn an, weiterzugehen. Er trat an den Schanktisch, trank einen Kelch des Schaumweines, den man dort feilbot, und fragte die Wirtin, eine weißhaarige Frau, wer die grüne Jungfrau sei, die allein an dem Tisch sitze und zuschaue.

Sie komme, erwiderte die Wirtin, schon seit Jahren jeden Rosenmontagabend im gleichen Gewande, sitze stundenlang, wie wenn sie auf einen anderen warte, und gehe, sobald sie einen Tänzer habe, mit ihm fort, und es heiße, der Tänzer kehre nicht mehr heim; das sei wahrscheinlich Gerede; aber irgendein Geheimnis stecke hinter der Jungfer, und da die Fasnacht den Menschen frei mache und ihm alles erlaube, kümmere man sich um die Fremde nicht!

Da trank der Schreiber einen zweiten, auch einen dritten Kelch des perlenden Weines, nahm sich ein Herz und trat durch den Wirbel der Masken an den Tisch der grünen Jungfrau, verneigte sich und forderte sie zum Tanze auf. Sie zierte sich nicht und bewegte sich bald in seinen Armen zu einem Walzer, der so selig klang, daß der Schreiber seine Scheu verlor. Die Jungfer – das fühlte er – war zart und überschlank, und ihre Augen blickten suchend durch die Schlitze der Larve. Den Schreiber durchströmte ein unsägliches Wohlbehagen, da er das grüne Seidenkleid neben sich rauschen hörte, die Arme der Fremden und ihren Blick spürte, und er wunderte sich, wie sicher er noch tanzte. Ein Wort aber wagte er nicht, weil er fürchtete, es zerstöre den Zauber, und ob er auch hin und wieder dachte, im Tanz bekämpfe die Tollheit die Vernunft, die ihn nötige, hinter dem Schreibpulte zu stehen, indes draußen der Brunnen rausche: Er tanzte und war, wie gesagt, selig.

Die Jungfer schien es nicht minder zu sein, und so fiel es bald den anderen Masken auf, wie der rote Spanier und die grüne Schöne, die Fremde, engverbunden daherwogten. Da sie jedoch den Schreiber in dem Räubergewande nicht erkannten und annahmen, auch er sei ein Fremder, ließ man sie gewähren und tanzte mit.

Nach dem Walzer wollte der Schreiber die Jungfer an ihren Tisch zurückführen: Da sagte sie, leise und zaghaft, mit einem Klang bebender Trauer im Wort, für sie sei die Stunde gekommen, und deshalb müsse sie gehen! Er trank den Laut ihrer Stimme und bat, sie begleiten zu dürfen. Sie erwiderte: «Wenn du sterben kannst, so folge mir. Vielleicht wirst du auferstehen und zu dir selbst kommen; aber ohne den Tod ist das nicht möglich!» Das Rätselwort traf ihn merkwürdig genug; doch er ließ die Jungfer nicht, und als sie auf den Markt traten, rollte plötzlich ein Wagen durch das Dunkel. Auf dem steilen Bock hockte in Tressenrock und Dreispitz ein grauer Kutscher, der zornig dreinblickte und die Jungfer anfuhr: «Dreimal schon machte ich die Runde über den Markt. Du läßt lange auf dich warten. Steige ein und jage den Fant an deinem Arme zum Teufel. Die Stunde ist da!»

Das Gehäuse der Kutsche schwebte zwischen hohen goldenen Rädern, und am Schlag sah der Schreiber eine Fratze als Wappen. Die Jungfer drückte seinen Arm, und sie zitterte geradezu, als sie den Alten schimpfen hörte, so daß der Schreiber die Scheu seines engen Alltages vergaß und nun wirklich der Räuber wurde, den er in seinem roten Kleid darstellte. Er riß den Schlag auf und donnerte den Kutscher an: Er lasse seine Tänzerin nicht im Stich, sondern fahre mit, und wenn er die Rappen nicht ruhig führe, werde er ihn lehren, wie man in der Rosenmontagnacht mit einer Frau umgehe!

Das war die längste Rede, die der Schreiber bisher gehalten hatte, und er erschrak vor dem Widerhall seiner Worte, der durch die Nacht des Marktplatzes lief, sprang aber zu der Jungfer, die eingestiegen war, in die Kutsche, setzte sich neben sie und warf den Schlag zu, wie wenn er zeitlebens Herr eines Wagens gewesen wäre.

Im gleichen Augenblick knallte der Kutscher seine Peitsche, und die beiden Rappen, die er am Zügel hielt, zogen an. Nach kurzer Zeit schon fuhr der Wagen durch das Stadttor, ohne daß ein Wächter ihn hinderte, über die Landstraße der unbekannten Ferne zu. Der Mond trat aus fliegendem Gewölk, und der Schreiber konnte erkennen, wie der Rhein, die Berge und kahlen Rebhänge, hoch oben Felsen oder Wälder vorbeitanzten und sich die nächtliche Welt gleich einem Wirbel um den Wagen zu drehen schien. Bald klopfte sein Blut heiß, und immer stärker wandelte sich der Schreiber, den an Sonnentagen die steinerne Jungfrau des Georgbrunnens anlächelte, in den spanischen Räuber, der mit einer lebendigen Schönen durch die Rosenmontagnacht fuhr. Er rückte ihr näher und wollte sie in den Arm nehmen: Da aber sagte sie, dunkel und trüb, er möge sich hüten und sie nicht anfassen, das Grauen schnüre ihm sonst die Kehle, und der Tod schneide den Faden seines Lebens durch! Je mehr sie ihm wehrte, um so heftiger wuchs sein Verlangen. Indem bogen die Rappen von der Straße ab und fuhren seitwärts, einen Berg hinauf. Trotzdem der Weg steil anstieg und holprig war, glitten sie leicht und beschwingt, und der Schreiber wiegte auf seinem Sitze hin und her, als säße er in einem Kahn, der durch stürmische Fluten treibt. Gleichzeitig verdeckten Wolken den Mond, und aus dem Torfstich, durch den der Weg führte, stieg grauer Dunst. Dazu schwelten unruhige Lichter heran, tanzten und taumelten, und die Jungfer rief mit unterdrückter Angst: «Da kommen die Fackeln! Das Unheil geht an!»

Von den Irrwischen aufgeschreckt, begannen die Rappen zu rasen, und der Schreiber hielt sich mit beiden Händen am Polster fest, weil er glaubte, der Wagen zerschelle vor den Stämmen des Waldes, die rings aufragten. Aber plötzlich erreichten sie die Höhe und auf ihr eine Lichtung, in der die Rappen langsamer fuhren; denn die Räder des Wagens, so merkte der Schreiber, gerieten in sumpfiges Gelände. Die Zahl der Irrwische wuchs mit jedem Schritt der Tiere, so daß die Nacht fast hell wurde und der Schreiber sah, wie die grüne Jungfer mit der schwarzen Larve aufrecht und unbeweglich neben ihm saß. Da fegte von der anderen Seite her ein Zug aufgescheuchter Jungfrauen an. Ihr Haar flog in langen Strähnen, die Kleider flatterten, und ihre Augen starrten angstweit. Fürchterliche Gestalten trieben sie, Zottler, die Bärenfelle trugen und lange Peitschen knallten, Trampelkerle, denen mächtige Erntegarben auf dem Kopfe schwebten, indes ihre Augen Blitze sprühten und ihre Hände Leuchtkolben zwischen die heulenden Jungfrauen warfen. Eine von ihnen rief mit greller Stimme:

«Mich reut, daß ich nicht geheiratet hab'!
Ich bin ohne Mädchen und blieb ohne Knab'.
Mich reut, daß ich nicht geheiratet hab'!»

Der Chor antwortete:

«Mich auch, mich auch, mich auch!
Wir leben und spüren des Todes Hauch!»

Das Ganze klang wie eine Litanei von Besessenen durch die Nacht.

Als sie dem Wagen näher kamen, immerfort von den Zottlern und den Tramplern getrieben, heulten sie miteinander:

«Im Wagen sitzt einer,
der meidet die Frau.
Komm' her, du Verruchter:
Was rot ist, wird grau!»

Gleichzeitig reckten sie ihre spinnenlangen Arme und Hände aus den Flatterkleidern nach dem Schreiber, und der Kutscher mühte sich nicht, die Rappen, die den Wagen schwer genug durch den Sumpf zogen, zu schnellerem Ritt anzutreiben. Schon stießen die knochigen Finger der schreienden Jungfrauen wider die Scheibe des Wagens: Da packte der Schreiber, der nun völlig zum Räuber geworden war, die grüne Schöne, die er neben sich wußte, trotz ihrem Widerstreben, um die Hüfte und rief: «Ich fand, was ich suchte; schert euch von dannen!»

Indem hieb der Kutscher auf die Rappen ein, und gleich rasten sie wieder wie vorher, derweil die Heuljungfrauen zurückblieben und im Walde vor den Zottlern und Tramplern verschwanden. Der Wagen krachte in den Gehängen, und die Rappen fauchten; von den Rädern und den Hufen aber hörte der Schreiber keinen Laut, und da er glaubte, seine Schöne nun endgültig gewonnen zu haben, nahm er ihre Hand und bat, sie möge ihn küssen. Sie jedoch schlug ihn auf den Mund, rückte von ihm fort und sprach: «Im Feuer verbrennst du, und doch verherrlicht es die längste und die kürzeste Nacht.» Das Wort machte ihn verwegener, und er flüsterte: «Nenne mir deinen Namen. Ich wartete Jahre auf dich. Aber du warst Stein.» Sie hingegen hob nur ihre Rechte und schwieg, und als er sich ihr wieder näherte und sprach: «Ich reiße dir die Larve herunter», bog sie sich weit zurück und flehte: «Noch nicht! Noch nicht!»

Da schoß von ihrer Seite her ein Zug wirrer Burschen und Männer auf den Wagen zu, und hinter ihnen trieben gehörnte Frauen mit Besen und Fackeln.

Die Männer heulten:

«Wir schieben die Wolken
und putzen die Sterne.
Wir reiben die Felsen
und treiben die Nebel.
Wir hüten der Kobolde Scharen
und fegen den Wichteln die Schuhe.
Wir kamen zu Jahren
und finden nicht Rast oder Ruhe.
Uns reut es: Wir mieden die Hochzeit,
wir heiraten nicht:
Nun fehlt uns des Lebens erlösendes Licht.

Im Wagen sitzt eine, die meidet den Mann.
Wir zerren sie nieder! Wir stoßen sie an!»

Da der Wagen wieder langsamer fuhr, konnte die Schar der Männer dicht heranrasen, und als schon ihre Finger die Scheibe an der Seite betasteten, an der die Jungfer im grünen Seidenkleide saß, entsetzte sie sich vor den Gesichtern, griff in ihrer Not nach dem Schreiber und rief, wie er vorher gerufen hatte: «Ich fand, was ich suchte! Schert euch von dannen!»

Und abermals hieb der Kutscher auf die Rappen, daß sie rasten, und der Heulchor der frauenlosen Männer verschwand vor den gehörnten Weibern, ihren Besen und Fackeln im dunklen Walde. Gleichzeitig fegte ein mächtiger Pflug an, den vier Stiere zogen, auf deren Hörnern brennende Sturmlampen schwankten. Sie warfen gespenstiges Licht durch die Nacht. Ein Riese trieb den Pflug und johlte zum Sturm, und die Eisenscharen blitzten und gruben Furchen so tief, daß alte Eichbäume darin verschwanden und sich die Schollen wie Hügel aufwühlten. Der Pflug hielt den Wagen bei, und der Schreiber, der die Jungfer stützte, spürte, wie ihm das

Herz klopfte. Als er schon glaubte, der Riese würde den Wagen mit in die Furche pflügen, rasten die Stiere seitlich eine Höhe hinauf, und der Fackelschein warf breite Strahlenbrücken. Während der Pflug verschwand, jagte der Blochzieher mit seinem Weibe an. Sie waren in Waldmoos und Baumrinde gehüllt und trieben vor sich her einen Schwarm von Masken, die einen abgeästeten Baumstamm schleppten, so groß, daß er die Furchen, die der Pflug gewühlt hatte, niederdrückte. Auf dem Bloch saß ein hexenartiges Wesen, das eine brennende Fahne schwenkte und so die Nacht erhellte, und der Blochzieher und seine Frau, die größer waren als der pflügende Riese, schrien immerfort:

«Der Träumer muß sterben.
Wir stampfen ihn ein.
Die Erde will leben,
und Hochzeit soll sein!»

Das hörte der Schreiber, verstand die Worte wohl und hielt die Jungfer im Arme, vermochte aber nicht, ihr die Larve zu nehmen. Sobald er zugriff, wehrte sie sich, und es war ihm, als wüchse ihre Kraft.

Es läßt sich nicht sagen, wie schnell das alles geschah, weshalb der Schreiber erschrak, als der Wagen plötzlich hielt und wie angewurzelt vor den Trümmern einer alten Burg stand. Aus ihr schloff ein Greis an den Schlag, öffnete ihn und sprach: «Du brachtest das Opfer mit. Es ist gut, daß du kommst. Die Stunde rückt zu. Steige aus!»

In den Worten des Alten lag ein unheimlicher Zwang. Die Jungfer folgte ihm, tief seufzend, und der Schreiber stieg mit ihr aus dem Wagen, nahm aber, sobald er draußen war, ihre rechte Hand wieder und hielt sie fest, indes der Wagen fortrollte.

Da forderte ihn der Alte, der zu einem langen Bart einen schwarzen Mantel und ein rotes Barett trug, auf, die Jungfer zu lassen und ihm zu folgen, seine Fahrt sei zu Ende, er müsse nun zeitlebens mit dem Heulchor der frauenlosen Männer durch die Faselnächte jagen oder dem Blochzieher helfen, die dunklen Schollen der Frühlingserde brechen. Der Schreiber aber, der sich selbst nicht mehr kannte, lachte hellauf und rief: Nach solcher Fahrt gebe er ihr Ziel nicht preis; er habe sich die Jungfer im Kampfe erfahren, und wenn er mit ihre an der Stätte des Grauens bleiben müsse: Er liebe sie und gehe nicht von ihr!

«So nimm ihr die Larve», befahl der Alte, «und wenn du stark genug bist, sollst du sie haben.»

Der Schreiber, der glaubte, die Jungfer sei ihm zu Willen, griff wieder zu und wollte ihr die Larve entreißen. Doch sie wehrte sich abermals, und da begann denn mitten in der Nacht ein merkwürdiges Ringen. Sie war gewandt und suchte sich ihm zu entwinden; er jedoch fürchtete sich nicht, und ob auch der Alte stand und ihr immerfort gebot, sich zu wehren: Der Schreiber packte sie schließlich so fest, daß er sie halten und ihr mit hartem Griff die Larve nehmen konnte.

Im gleichen Augenblick gab sie den Widerstand auf, und der Alte verschwand mit einem gräßlichen Fluch zwischen den Trümmern der Burg. Die Nacht wurde ruhig, und da der Mond aus den Wolken trat, sah der Schreiber das Gesicht seiner Tänzerin. Es war so schön wie das der Jungfrau, in das er sommertags von seinem Schreibpulte aus schaute, und still und gut stand sie vor ihm, zartgliedrig, wie wenn die feinsten Blumen der Frühlingswiesen in ihren Händen hätten blühen können. Sie gab ihm ihre Rechte und sprach: «Aus dunklen Gründen strömt edles Licht. Du hast mich von dem Zauber des Alten erlöst, weil es dir gelang, bei der Fahrt auszuhalten und mir die Larve zu nehmen. Nun löse ich auch deine Maske.»

Also nahm sie dem Schreiber die schwarze Larve herunter, und sie freuten sich aneinander, blickten dem Mond zu, der die Wolkenburgen versilberte und sein Licht über die schwarzen Wälder strömen ließ.

Da gestand der Räuber, er sei der Stadtschreiber und wohne unten am Rheine, nicht weit von dem Brunnen, der ihr Bild bewahre.

Die Jungfer aber erzählte ihm, wie sie dem Alten verfallen sei, als sie einmal geschworen habe, sie wolle nicht heiraten; wann es gewesen sei, wisse sie nicht; er habe sie bei einem einsamen Waldgange geholt und verschleppt; jahrelang habe sie im Chor der Heulweiber mitlaufen, in der Rosenmontagnacht hingegen fahren und ein Opfer holen müssen, und immer sei einer mit zurückgekommen und dem Alten verfallen, weil er unterwegs den Mut verloren habe. «Du aber», fuhr sie fort, «wandeltest dich in deine Maske und wurdest Räuber. Da du dennoch Schreiber bliebst, kann ich froh sein und stehe erlöst in grenzenlosen Leben.»

Sie umarmten und küßten einander und wanderten dann hinab an den Rhein, vorbei an Felsen und Höhlen, durch Schluchten, Wiesen, Tannenschläge und Rebhänge, und ob auch alle Leute sich wunderten: Der Schreiber heiratete die schöne

Jungfer, die er in der Rosenmontagnacht erlöst hatte. Es gab eine stille Hochzeit mit viel Schneeglöckchen, da die anderen Blumen noch nicht blühten, und bald hieß es in der Stadt, die Braut sei eine Urenkelin der Geliebten jenes Bildhauers, der vor vielen Jahren den Georgsbrunnen auf den Markt gestellt habe; denn sie glich der Jungfrau, wie eine Schwester der anderen gleicht, und niemand konnte das Rätsel ihrer Herkunft deuten.

Den Schreiber kümmerte es nicht. Sie lebte glücklich und zufrieden mit ihm, und als der alte Bürgermeister starb, wählte man den Schreiber zu seinem Nachfolger.

Er wurde ein guter Bürgermeister, sorgte väterlich für die Stadt, für ihre Bürger und den Wein und besuchte jedes Jahr mit seiner Frau den Rosenmontagball. Dann kam er als spanischer Räuber, sie aber in grünem Samtkleide, das ein goldener Gürtel hielt, und sie tanzten und scherzten die ganze Nacht hindurch.

Das Frühjahr und den Sommer über trug die steinerne Jungfrau, die der Bürgermeister als Schreiber angeträumt hatte, stets frische Blumen in den gefalteten Händen, und wer früh aufstand, konnte beobachten, daß der Bürgermeister selbst über den Brunnenrand kletterte und sie ihr in die Hände drückte, wie wenn er hätte sagen wollen: Dir danke ich das Glück meines Lebens, und dafür lohne ich dich, solange ich kann.

Lenzing
(März)

Der Lenzing kommt mit hellem Schein
und bringt uns doch noch manche Pein.

Der Schlüssel des Lebens

Es war einmal ein Schäfer, der jahrelang die Schafe des Dorfes auf die Weide geführt hatte und darüber ein alter Mann geworden war. Niemand konnte sagen, woher er stammte. Eines Tages war er dagewesen, und seitdem gehörte er zum Dorfe wie der Turm zur Kirche, wiewohl er wenig sprach und kaum lachte, sondern immerfort still vor sich hersann. Den Schafen war er sehr zugetan: Sie sahen ihn treu an und liefen neben ihm, als hielte er sie bei der Hand, und nie kam es vor, daß er eines von ihnen verlor, auch dann nicht, wenn seine Herde hundert Tiere zählte und er mehr als einen Hund nötig hatte. Der aber gehorchte ihm auf jeden Pfiff, selbst auf einen Wink, und so oft er übermütig wurde und allzusehr hinter den Zicklein trieb, die gern ihre eigenen Wege liefen, ließ er ihn zu sich kommen und zupfte ihn am Ohr, und dann kuschelte sich der Hund und hielt wieder die alte Ordnung.

Wenn der Schäfer im Wettermantel hinter der Herde durch das Dorf schritt und ihm der breite Hut auf den weißen Locken hing, standen die Bauern vor den Häusern und schauten ihm nach, als wanderte der liebe Gott daher. Nur das junge Volk spottete hin und wieder trotz seinem greisen Barte und meinte, die Schafe hätten ihn im Laufe der Jahre zum Narren gemacht; denn wer nur mit ihnen rede und vor Männern und Frauen, vor Burschen und Mädchen verstumme, sei schon ein Kauz.

Ihn aber kümmerte das nicht, und er blieb sich treu, Tag um Tag, Sommer um Sommer, Herbst um Herbst, und das Dorf konnte nach ihm und seiner Herde die Zeit bestimmen.

Als nun einmal der Spätwinter dem Lenzing wieder etwas Schnee geschickt hatte, führte er die Herde auf eine Wiese, die nicht weit vom Dorfe lag und sich über einen Hügelhang zog. Die Schafe zerstreuten sich und rupften das spärliche Gras, dessen Spitzen aus der Schneehülle lugten. Während der Schäfer, dem es so sonderlich zumute war wie nie zuvor, zwischen ihnen herging und den Blick in die Ferne richtete, stieg aus flockigem Gewölk die Sonne und breitete ihre Wärme über das Land.

Die schwarzen Wälder ringsum leuchteten, die Wiese lag wie die Silberdecke einer Königin, und aus den weißen Feldern reckten sich Winterhalme hoch, indes die Berge, die das Land säumten, blauweit und klar standen, in der Luft aber ein Schwarm von Wildgänsen flog.

Da lockte es den Schäfer auf die Höhe des Hügels zu den drei Fichten, von denen aus er sehen konnte, wie weit, weit fort der Himmel die Erde berührte. «Heute ist der Vierzigrittertag», sagte er, hinaufschreitend, vor sich hin, «und da ihm die Sonne scheint, können wir mit einem fruchtbaren Jahr rechnen. Es ist gut, daß Schnee liegt, Märzengrün soll man mit Holzschlägeln wieder in die Erde schlagen.»

Als er oben ankam und in das volle Licht der Sonne trat, sah er vor sich eine Schlüsselblume und wunderte sich. «So bist du auch schon da», murmelte er, «du hast leiser geschlummert als alle Blumen der Wiese und bist erwacht; also muß der Frühling nahe sein; du hast sein Geflüster vernommen; ich glaube dir.»

Er blickte sie lange an, und weil ihre Blüte so schwer und golden hing, tat er, was ihm sonst unmöglich war, zu tun: Er bückte sich und brach die Blume vorsichtig ab. Im gleichen Augenblick aber wandelte sie sich in seiner Hand zu einem goldenen Schlüssel, darin Sonnenstrahlen spielten und tausend Funken glühten.

Wie er sich aufrichtete, waren die Fichten verschwunden, und an ihrer Stelle erhob sich ein Schloß mit Türmen, Erkern und Balkonen, dergleichen er nie gesehen hatte. Eine Stimme aus dem Innern aber sang:

«Schlüssel öffnet Tür und Tor,
stellt des Glückes Kind dir vor.
Stecke ein den Schlüssel fein,
und ein König wirst du sein!

Er folgte der Stimme und rührte mit dem Schlüssel an das kunstvolle Eichentor, dessen Schloß sich als kupferner Löwenkopf vorwölbte: Da öffnete es sich, und er betrat, von heller Sonne geblendet, einen Hof, darin Sträucher und Bäume blühten, während ein Brunnen rauschte und seine Weisen sang. In fünf Schalen, die sich nach oben verjüngten, stieg der Brunnen an und wies auf schlankem Schafte eine Engelputte, dic tanzte und die Arme zum Himmel warf, indes das Wasser glitzernde Säulen um sie spritzte und dann lustig von Stufe zu Stufe sprang, um sich in dem Marmorbecken, aus dem der Brunnen wuchs, behaglich zu sammeln.

Während der Schäfer stand und das Wasserspiel bewunderte, kam aus der spitzbogigen Halle zur Linken eine alte Frau, bot ihm den frohen Tag und fragte, derweil sie unter ihrer Haube her tief in seine Augen schaute, weshalb er am Leben vorbeigegangen und einsam geblieben sei? Es offenbare sich nur dem, der liebe und es mit beiden Armen umfange.

Da erkannte er die Stimme, die ihm das Lied von dem Schlüssel gesungen hatte, und das Wort der Frau freute ihn wie die Melodien der Nachtigallen, denen er gern lauschte, wenn er zu ihrer Singezeit die Herde an das Bruch trieb. Sein Blut begann zu wallen, die Rosen, die den Hof säumten, wandten sich ihm zu und entfalteten ihre letzten Knospen, und ein Beet mit südländischem Klatschmohn schloß sich auf und hauchte ihm den Atem seiner Feuerpracht zu. Er aber fand schließlich der gütigen Frage die Antwort und meinte: «Nach den Wundern des Lebens bin ich seit Jahren unterwegs und suche, wo ich auch gehe; aber die Gefährtin blieb mir versagt, die mit sucht und findet.»

Die Frau lächelte still, nahm ihn bei der Hand und ging mit ihm durch die Halle in das Innere des Schlosses. Sie öffnete die Tür eines getäfelten Saales, nötigte ihn, als er zögerte, hinein und sagte: «Nun wandere zu; wenn du Liebe genug aufbringst, wirst du glücklich sein; vergiß aber das Beste nicht und bleibe dir treu!»

Sie ließ ihn allein, trat zurück und schloß die Tür hinter ihm, schritt wieder in die Halle und von ihr in den Hof, wo sie sich auf eine Bank setzte und dem Spiel der Sonnenstrahlen und des Wassers zusah, das über die fünf Schalen in das Marmorbekken der Ruhe strömte.

Der Schäfer stand derweil in dem Saale und sah durch seine Fenster einen großen Garten, in dem Alleen von Birnbäumen blühten und wundersam schwiegen. Er hörte geradezu den Atem der Stille, wagte zunächst keinen Schritt mehr und war überwältigt von dem Blick über die weißen Wipfel. Da schlug plötzlich eine Uhr in steigendem Dreiklang, so voll und klar, daß die Schwingungen des Klanges lange und nachhaltig durch die Stille bebten. Der Schäfer blickte sich um und sah an der Längswand des Saales, rechts und links von der silbernen Uhr, die über köstlichem Schnitzwerk schwebte, bunte Gobelins. Sie stellten Jagdritte und üppige Feste dar, Männer und Frauen, die ritten, Falken mit und ohne Kappen auf der freien Hand trugen, die in Lauben saßen, zum Lautenspiel sangen, oder die auf Wiesen schöne Reigen tanzten. An der Decke des Saales sah er ein Gemälde, auf dem eine Göttin in goldenem Wagen durch das All fuhr und weiße Margareten warf. Zwei Zelter zogen den Wagen, ihre Nüstern sprühten Feuer und ihr Zaumzeug blitzte in reinstem Silber. Die Farben des Bildes strahlten ungemein frisch und froh, zumal die der Wolken, die sich in zartem Rosendämmer um den Wagen schmiegten und den Schäfer geradezu beseligten. Da guckte er in den Spiegel, den ein Goldrahmen zwischen zwei Fenstern hielt, und betrachtete sich selbst. Aber statt des alten Mannes, der hinter Schafen ging, sah ihn ein Jüngling an, und er merkte, daß er sich gewandelt hatte und wieder jung geworden war. Als gleichzeitig irgendwoher ein Lied sang, faßte er den goldenen Schlüssel fester und folgte den Tönen. Er schritt an das andere Ende des Saales, fand dort eine schmale Tür, ging hindurch und stand vor einer Wendeltreppe. Mit der Sehnsucht des erwachten Blutes stieg er den Tönen nach und kam zu einer Turmstube, und in ihr fand er die Sängerin, eine blonde Jungfrau, die saß und spann und schön war wie eine Prinzessin.

Als sie ihn erblickte, schwieg sie und schwang errötend die Spindel, wie wenn sie ihm Glück in die Fäden des Lebens hätte spinnen und ihm sagen wollen, daß Schönheit der Sinn der Schöpfung sei und heiterer Genuß ihn leichter finde als düsteres Grübeln. Er stand eine Weile in ihren Anblick verloren und wußte sich kaum zu fassen, fand aber schließlich den Mut, sie zu bitten, doch weiterzusingen, ihr Lied klinge wie eine ewige Weise, und was er in seinen stillsten Stunden erträumt habe, offenbare seine Fülle.

Da lud sie ihn ein, sich zu setzen, und als er auf der Bank neben ihr Platz genommen hatte, fuhr sie mit ihrem Liede fort, und es sang so innig über die Freude, die wiederkehre, wenn er nur gerüstet sei zu ihr und den Mut habe, seinen Ring in den Becher der Zukunft zu werfen, daß ihm Jungfrau, Sonne, Schloß und Garten, er selbst und die Schöpfung in einem Goldnetz der Liebe zu hängen schienen.

Lange saßen sie nebeneinander, und der Schäfer bewunderte die Geschicklichkeit, mit der das Mädchen zu seinem Liede Faden und Spindel bewegte. Als es sein Werk beendete und aufstand, erhob auch er sich, und sie schritten durch das Schloß, dem das Abendrot eben ein Feierkleid umhängte, und freuten sich gleich Kindern der Kostbarkeiten, die umherlagen und zwischen Samt und Seide lachten und blinkten. Sie sahen kristallene Gläser und Schalen, in eingelegten Schränken feines Porzellan, in edlen Truhen Kleider und Schuhe, an den Wänden Bilder in Goldrahmen, an den Decken Kronleuchter mit hundert Kerzen; sie entdeckten Zierdegen und

Pistolen, auch uralte Bücher, die in Schweinsleder gebunden und mit metallenen Schlössern verriegelt waren; sie fanden Schlafstuben mit sauberen Betten, eine Küche mit Butter und Brot, mit Eiern und Käse und allem Gerät, dessen eine Hausfrau bedarf, und sie lachten sich zu und gewannen sich, während sie gingen, suchten und fanden, so lieb, daß sie beschlossen, beieinander zu bleiben und auf dem Schloß zu wohnen. So wurden sie Mann und Frau, und der Schäfer lebte wie ein König, der eine Prinzessin geheiratet hat und sich vor nichts fürchtet. Den goldenen Schlüssel aber trug er Tag und Nacht bei sich; denn er wußte, daß er seinem Besitz das Glück danke. Er verstand, wenn er durch den Garten ging, die Sprache der Vögel, hörte die Stimme des Windes und sah in Sonne, Mond und Sternen Schwestern und Brüder, die sich ihm neigten und von den Wundern ihrer Bahn erzählten.

Es trug sich zu, daß ihm die Prinzessin ein Knäblein schenkte, ein Kind, das Augen hatte, die blau waren wie der Himmel, Backen, rot wie Kirschen und Haare, blond wie reifer Weizen. Sie waren froh, sangen miteinander und trugen es durch alle Säle, stiegen mit ihm auf den hohen Turm und brachten es beim Sonnenschein in den Garten, wo ihm die Bäume Blütenblätter schenkten und die Finken aus weißen Wipfeln den Segen ihrer Lieder pfiffen. Sie stellten es in der Wiege, die sie im Schloß gefunden hatten, unter einen blühenden Apfelbaum, und da kam jeden Mittag ein Rotkehlchen, setzte sich auf den Rand der Wiege und guckte dem Knäblein in die Augen, so lange, bis es lachte und in die Händchen schlug. Doch das Rotkehlchen flog nicht fort, sondern breitete die Flügel und sang:

«Komm, der Mittag will sich neigen,
deckt dir still die Wiege zu.
Hahn und Hühner müssen schweigen.
Eia! Schlaf in süßer Ruh.

Sonne, Himmel, Wind und Blüten
und der bunte Schmetterling:
Alles schwebt, mein Kind zu hüten.
Eia, singt der frohe Ring.

Eia: Mäulchen, Aug' und Hände
mußt du schließen. Tu es nun!
Eia! So: Das Köpfchen wende.
Mittag will vom Morgen ruhn.

Vöglein auf und nieder fliegen
durch den goldnen Sonnenschein.
Wollen all mein Kindlein wiegen.
Eia, schlafe, ei, schlaf ein.»

Dann schlief das Knäblein alleweil ein, und das Rotkehlchen flog fort, kam aber nach ein paar Stunden wieder, trug im Schnabel eine Blüte, ließ sie in die Wiege fallen und rief:

«Wach auf, wach auf, du Sausewind.
Zschip, zschip, zschip, zschip: Wach auf geschwind:
Die Mutter hält das Wännelein:
Mein Kind will nun gebadet sein.
Wach auf, wach auf, du Sausewind.
Die Hühner schon beim Wandern sind.
Zschip, zschip, zschip, zschip: Geschwind!»

So ging es Tag um Tag, und da dem Frühling weder Sommer, Herbst noch Winter folgten und der Schäfer immer nur blühende Bäume sah, glaubte er im Himmel zu sein, vergaß seine Herde und das Dorf mit den Bauern und dem jungen Volke, das hinter ihm herlachte, dachte weder an seinen Hund noch an die drei Fichten des Hügels, auf den er gestiegen war, sondern lief durch die Säle und den Garten und wußte nichts mehr vom Strome der Zeit.

Da ging er einmal mit dem goldenen Schlüssel in der Hand allein hinauf und hinab, stieg auf den hohen Turm und blickte in die Ferne, stand auf einem Balkon und betrachtete das Wasserspiel des Brunnens, lief, von einer seltsamen Unruhe getrieben, in die Säle zu den alten Bildern, aus denen mächtige Ritter und schöne Frauen schauten, und er lauschte dem Klang seiner Schritte. Schließlich kam er in einen tiefen Keller, den er noch nicht kannte. Rote Ampeln hingen vom Gewölbe nieder, und der Keller war hoch wie ein Dom im Dämmerlicht. Derweil er noch hineinschaute und sann, trat aus dem Dunkel einer Ecke die alte Frau, die er bisher nicht mehr gesehen hatte, wies auf eine Truhe und sagte: «Da findest du Spielzeug für den Knaben. Vergiß aber das Beste nicht!» Sie hob die hagere Rechte, als wollte sie ihn warnen, und dann verschwand sie wieder im Dunkel.

Er aber schritt zu der Truhe, deren Beschläge wirre Tiere spiegelten, öffnete sie und sah soviel Edelsteine, Gold- und Silberringe, Taler und Spangen, daß er glaubte, das Heer der Sterne breite sich seinen Augen. Gleichzeitig überfiel ihn wie heißes Fieber die Gier nach der Pracht: Er legte den goldenen Schlüssel auf die Erde und füllte seine Taschen so lange mit den Reichtümern, bis sie nichts mehr faßten. Zuletzt griff er eine Krone, deren sieben Zacken sieben Granatsteine trugen, die wie kleine Sonnen blitzten und ihn in die sieben Farben des Regenbogens tauchten. Er setzte sie, von einer merkwürdigen Trunkenheit berauscht, auf und eilte, ohne des Schlüssels zu denken, dem Ausgange zu. Da aber sprang ein schwarzer Hund mit Feueraugen vorbei, schnappte und verschlang den goldenen Schlüssel, und im gleichen Augenblick verschwand das Schloß.
Der Schäfer aber war wieder alt und brach unter den drei Fichten zusammen, sah seinen Wettermantel, den Hund und die verstreute Herde, die Schneeweiden und die Sonne des Vorfrühlings.

Als er nicht heimkam, ging man, ihn zu suchen, und da fanden ihn die Bauern an den drei Fichten tot und zusammengekauert. Der Hund stand dicht neben ihm, indes sich die Schafe ringsum gelagert hatten. Seine Rechte hielt eine Schlüsselblume, und ihr goldener Kopf hing ihm wirr und traurig über den Handrücken. Vier Männer nahmen ihn auf die Bahre und trugen ihn zwischen seinen Schafen in das Totenhäuschen des Friedhofes, von wo aus er nach drei Tagen begraben wurde.

Alle Bauern des Dorfes gingen mit, und die Kinder sangen ihm am Grabe ein Lied. Die alten Frauen, die dabei standen, wischten sich die Augen, und das junge Volk, das manchmal über den Schäfer gelacht hatte, blickte ernst über das offene Grab, wiewohl der Morgen so mild und sonnig war, als ginge der Frühling schon drei Wochen durchs Land.

Ein Mädchen aber hatte die Schlüsselblume vom Hügel der drei Fichten ausgegraben und hinter dem Sarge hergetragen, und es blieb auf dem Friedhofe, bis der Totengräber das Grab zugeschaufelt hatte. Dann setzte es sie in den braunen Grund,

und es geschah, daß sie am nächsten Morgen frisch und aufrecht stand, einen neuen Schlüssel trug und Tag um Tag blühte, bis das Frühjahr kam und die ersten Rotkehlchen sangen. Da neigte sie das goldene Köpfchen und legte sich nieder.

Der Hund des Schäfers jedoch kam ein ganzes Jahr lang jeden Abend auf den Friedhof. Er streckte sich neben die Blume des Grabes und blickte still und groß auf den stummen Hügel, blieb eine Weile und ging dann mit gesenktem Kopfe in das Dunkel der Nacht. Die Bauern ließen ihn gewähren, und der neue Schäfer, den sie mieteten, war ein gutmütiger Mann und dachte, wer seinem alten Herrn die Treue hält, wird auch dem jungen anhängen. Doch an dem Abend, an dem der alte Schäfer eben ein Jahr tot war, kam der Hund nicht zurück, und als ihn der junge am nächsten Morgen suchte, fand er ihn auf dem Grab neben der Blume, die wieder ihren goldenen Schlüssel entfaltete.

Da lag er friedlich und schlief den ewigen Schlaf, und alle, die es hörten, wunderten sich über seine Treue.

Oster
(April)

Der Oster hat gar krausen Sinn:
Er schafft nur gutem Mut Gewinn.

Der Osterschatz

Vor Zeiten hockte an einer Krümmung der Ruhr eine alte Weide, die weit und breit berühmt war. Auf ihren Wurzelästen saßen in den Nächten des Ostermondes, wenn dem Tale der Mond schien und Flußnebel stiegen, Wassermännlein, spielten oder warfen Edelsteine über den Spiegel, daß seine Wellen wie Goldkämme blitzten, und es hieß, wer den Männlein vertraue, bleibe lichtgläubig sein Leben lang, was auch immer geschehe.

Nicht weit davon stand ein Bauernhaus mit rotem Dach, breitem Kuhstall und ansehnlicher Scheune, und in dem Hause wohnte eine Witwe mit ihren beiden Töchtern. Die Älteste war schön, aber zänkisch, die Jüngste jedoch häßlich und frohen Gemütes.

Die Mutter mochte die Jüngste nicht recht leiden, ließ sie den Stall misten und Hühnerdreck in den Garten graben, den Herd scheuern oder die Schuhe fegen, derweil die Ältere weiße Spitzen häkelte, die Fingernägel putzte oder Kirschen pflückte und dabei dem Spiele der Ruhr zusah. Arbeit bläst das Feuer im Herzen aus, sagte sie und lachte hinter der Schwester her, wenn diese gebückt den Mist schleppte oder der Kuh den Futterkessel mit geschabten Rüben trug. Dabei rümpfte sie die Nase, schlüpfte auch oft hinaus und lief, sobald Geigen und Flöten zum Tanze aufspielten, in die Schenken oder auf die Dorfplätze. Sie kam manchmal erst dann heim, wenn schon der Mond den Gipfel seiner nächtlichen Wanderung erreicht hatte und die Ruhrberge schliefen im leisen Atem der Welt. Doch die Mutter sagte ihr kein hartes Wort, obwohl sie wußte, daß ihr Kind einem wilden Burschen nachging, der bei jeder Kirmes das Messer führte und mehr als einmal den Tanzboden mit dem Blut des Gegners gefärbt hatte.

So verschlief sie natürlich die Sonne und stand auf, während die Hühner ihre Morgeneier legten und der Hahn bereits die Schatten der Stallmauer suchte. Die Jüngste sprang dagegen mit dem frühesten Licht vom Bett, wusch und kämmte sich und begann ihr Tagewerk, weshalb sie auch am Ostermorgen die erste Jungfrau des Tales war, die ging, in der Ruhr Wasser zu schöpfen, um gesund und froh zu bleiben.

Als sie nun zwanzig Jahre zählte und wieder Gesicht und Füße im Osterwasser gebadet hatte und durch den Wiesentau heimschritt, mußte sie an der Weide vorbei und hörte plötzlich aus ihrem Stamm eine helle Stimme, die lockte und sang:

«Ostertau im Morgenschein
adelt Sinn und Blut.
Alles Leid wird Freude sein,
jedes Herz wird gut.

Ostertau im Blütenschnee,
Amselruf dazu:
Silbern leuchtet jedes Weh,
schlägt die Augen zu.

Ostertau und Wellenspiel:
Leben will der Traum.
Schatz ist Glück, und Schatz ist Ziel:
Komm, ihn reicht der Baum!»

Derweil entstieg dem Wurzelgeäst eine schwarze Urne, der eine Goldkette vom Rand in das Morgenrot hing, und sie leuchtete gar wundersam. Als die Jungfrau erschrak und zögerte, sang die Stimme wieder:

«Aus der Tiefe blüht das Gold,
will in deine Hand.
Nimm mit ihm der Liebe Sold,
schreite froh durchs Land.»

Da vergaß sie die Furcht, trat näher und entdeckte in der Urne neben der Kette silberne Armreifen, Ringe und Diademe, deren Steine in den sieben Farben des Regenbogens blitzten. Sie schüttete die Schätze in ihre Schürze und ging heim, nachdem sie die Urne wieder zwischen die Wurzeln gestellt hatte. Während bei ihrem Schritt die Schätze in der Schürze aneinanderschlugen, war es, als wickele sich der

Goldfaden einer feinen Melodie in den Morgenwind. Den Amselrufen aus dem nahen Gebüsch mischten sich blitzblanke Finkenlieder, und leise versuchte die erste Nachtigall ihre Schläge. Ein Zaunkönig aber, der auf dem vordersten Zweige saß und keck in den Morgen schaute, sang sein Osterlied:

«Zipzip, zipzip, zipzip!
Spielt auf, spielt auf! Der Tag ist da.
Die Sonne sprang aus dunklem Meer.
Es lacht der Wald, und fern und nah
strömt Glück der Wolken her!
Zipzip! Lele! Zipzip!
Strömt Glück der Wolken her...»

Da flogen die Rotkehlchen zuhauf und antworteten:

«... Es blitzt das Licht! Ihr Knospen springt!
Das Veilchen lacht,
der Schlüssel klingt.
Nun rauscht das Ried, die Mücke schwingt,
und die Libelle wacht.

Triri, triri, hehe, triri!

Es blitzt das Licht.
Wer freut sich nicht?

Triri, triri, hehe, triri!

Der Wassermann den Taktstock schwingt,
und jede Wurzel pulst und singt:
Triri, triri, hehe, triri!...»

Im Wiesenklee aber tanzten drei Hasen, hinauf und hinab, und sie weckten eine Lerche, die sich aufschwang und dem blauen Gewölk zujubelte.

Seligen Blickes schritt das Mädchen durch den Morgen, verstand die Stimmen der Vögel und kam nach Hause, wo sie von dem Baume und den Wundern der Frühe erzählte. Heimlich tat sie es und doch froh, als hätte Gott sie einen Blick tun lassen in die Geheimnisse der Schöpfung.

Die Mutter staunte über den Schatz, und da sie hörte, er sei dem Baume entstiegen, ärgerte sie sich, daß er der häßlichen Tochter zugefallen war. Sie schaute ihn gierig an, wagte aber nicht, nach ihm zu greifen, sondern lief und trieb die Älteste aus den Federn und gebot ihr, zum Schatzbaume zu gehen: Dort warte das Glück des Lebens.

Mürrisch folgte das Mädchen und kam durch die Wiese an den Baum. Unter diesem spielten nun frechen Blickes sechs Wasserratten und pfiffen fort, als sie den Fuß auf das Wurzelgeäst setzte und in die Hände schlug. Da schaute sie um sich und fand weder Urne noch Schätze, weshalb sie fluchte und rief: Das Bett sei auch am Ostermorgen besser als das Gelaufe durch naßkalten Tau; die Närrin werde ihren Lärm büßen müssen; vielleicht verstehe sie dann noch einmal die Stimmen der Vögel.

Im gleichen Augenblick aber sprang aus der Weidenkrone höhnisches Gelächter, so daß sie erschrak und fortrannte. Sie hörte es auch dann noch, als sie vor dem Hoftore hielt, nach Atem rang und hineinging, die Schwester zu schelten.

Doch der brachten die Schätze bessere Zeit; denn die Mutter ließ sie nun gewähren, war freundlich zu ihr und sagte, als die Tage sonniger und die Lüfte wärmer wurden: «Wenn der Kuckuck im Ostermond schreit, der Storch klappert und die wilde Gans ins Land zieht, flattert dem Frühling ein Freiersband am Hute.»

Sie hatte recht; ein Bauernsohn, der seinem Anwesen die frohe Frau suchte, trug der jüngeren Tochter seine Hand an, wiewohl er ihren Schatz nicht kannte. Die Mutter richtete dem Mädchen eine große Hochzeit und schenkte ihm zu gutem Linnen so viel Blumen, als hätte es nie einen harten Tag bei ihr erlebt.

Als nach der schönen Hochzeit die häßliche Tochter, ihre Schätze und der Bräutigam fort waren, trieb sich die Schwester mit dem wilden Burschen immer ausgelassener herum. Sie betrachtete das Leben als eine Kirmes und ließ ihre Mutter arbeiten. Jeder Tag, so meinte sie einmal zu ihr, sei ein Weinglas, das man trinke, sich zu berauschen, da ein Menschenalter, gemessen am Lauf der Jahre, doch nur einen Augenblick daure. Da ging denn die Bäuerin bald gebückt und merkte vor dem Spiegel der Wohnstube, wie die Runzeln ihres Gesichtes tiefer und ihr dunkelblondes Haar grauer wurden. Aber sie ließ das Mädchen gewähren und hoffte auf kommende Ostern; denn sie hatte erkannt: Der Schatz offenbare sich nur dem, der am Ostermorgen zuerst ins Wasser steige.

Sie wußte das Mädchen nächste Ostern zu bewegen, gleich nach Mitternacht aufzustehen und hinabzugehen. Bevor noch die Sonne über die Berge sprang, stand es mit beiden Füßen in der Ruhr, hob die Röcke an die Knie und plantschte daher. Dann trat es in den Uferkies, beugte sich nieder und wusch, derweil eben das Morgenrot den Wellenspiegel durchglühte, Hände und Gesicht im kühlen Wasserspiel. Darüber sang auch die Stimme des Baumes:

«Ostertau im Morgenschein
adelt Sinn und Blut
Trage heim den güldenen Schrein.
Nimm der Urne Gut...»

Das Mädchen wartete die zweite Strophe nicht ab, sondern sprang und stülpte den Schatz, der aus dem Wurzelgeäst tauchte, in den Schoß und warf die Urne, daß sie an dem Baumstamm zerklirrte. Sie lachte und lief ihrem Burschen zu, der am Buschrand wartete und gespannt hinausschaute, damit er das Wunder sähe, und sie winkte und freute sich ohne Maßen. «Nun können wir heiraten», rief das Mädchen, als es ankam, «und brauchen der dummen Gans nicht mehr aus dem Wege zu gehen. Komm und laß uns sehen!»

Sie hörten weder Vögel noch Blumen, merkten auch die tanzenden Hasen nicht, sondern huckten sich unter einen Haselstrauch, dem die Kätzchen gelb und schwer vom Gezweige hingen, und rissen die Schürze auseinander.

Doch sie fuhren zurück, da statt der goldenen Kette, der Ringe und Diademe, statt der Edelsteine und Silberzacken Kröten und Schlangen sie anstierten, sich blähten oder frech über den Schürzenrand züngelten. Unter der Weide aber saßen plötzlich die sechs Wasserratten und zischelten den Entsetzten zu:

«Gold wird Dreck,
wenn treibt die Gier.
Herz muß brechen,

Blut muß stocken,
Leid wird stechen,
Wasser locken.
Gold wird Dreck.
Es stirbt die Zier.
Kröte ist ein schönes Tier.»

Wie das Gesumm kleiner, scharfer Sägen zerschnitt das Lied die Morgenstille und schloß mit höhnischem Gepfeife, nachdem die Ratten ihre Schwänze ins Maul nahmen und auf den Hinterbeinen zu tanzen begannen.

Der ersten Strophe ließen sie eine zweite folgen, und sie lautete:

«Blicke funkeln,
Sterne dunkeln,
wenn die Lieb'
der Knaben
wird zum Trieb
nach goldnen Gaben.
Schätze stechen,
Herzen brechen.
Gold wird Dreck,
wenn treibt die Gier.
Kröte ist ein schönes Tier.»

Der Bursche, dem die Blicke giftgrün funkelten, stieß das Mädchen, das ihn beim Arme greifen wollte, um sich vor Kröten und Schlangen zu retten, von sich. Es taumelte und schrie jämmerlich: Nun sehe sie, was seine Treue gelte! Er jedoch höhnte: Sie sei eine Lügnerin und könne den Baumgeist heiraten, der sie narre, oder eines der Wassermännlein, von denen sie erzählt habe; Treue fließe wie Luft!

Dann wandte er sich fort und ging seiner Wege.

Die Kröten und Schlangen, die immer noch um den Baum tanzten und höhnten, sprangen, als sie das sahen, hinter ihm her. Des Baumes Stimme aber erhob sich und sang laut und groß:

«Ostertau im Morgenschein
und der Sonne Sprung:
Wer kann jetzt denn treulos sein?
Altes wird doch jung.

Ostertau und Lästerschritt
stört der Blüten Kraft.
Nebel kommt mit leisem Tritt,
schlägt die Welt in Haft.

Ostertau und Prevelwort
zeugt die graue Not.
Liebe flieht für ewig fort,
und es folgt der Tod.»

Das Mädchen wußte sich nicht mehr zu helfen: Es jagte gegen die Ruhr und stürzte sich in das Wasser. Ein paarmal hoben die Wellen sie der Morgensonne zu, dann versank sie und wurde nicht mehr gesehen.

Die häßliche Schwester blieb dagegen ihr Leben lang gut und froh. Sie schenkte ihrem Manne drei Jungen und vier Mädchen, nahm auch die Mutter zu sich und brachte ihren Hof so rüstig voran, daß ihm Ställe und Scheune zu eng wurden und seine Wiesen sich immer üppiger dehnten. Den Hof der Mutter, den ihr Mann mitbewirtschaftete, schenkte sie später ihrem jüngsten Sohn, und der wurde ihm ein rechter Bauer.

Am Ostermorgen aber schritt sie alljährlich zur Ruhr, wusch Gesicht und Füße und freute sich der Kühle. Sie hielt auch ihre Mädchen an, so zu tun, und erzählte ihnen oft von dem Schatz des Baumes und seiner singenden Stimme, und es heißt, die vier Töchter seien dem Brauche treu geblieben bis an ihr Lebensende, hätten ihn an ihre Kinder weitergegeben, und auch sie seien, selbst in dunkelsten Zeiten, lichtgläubig gewesen wie die Wassermännlein, die während der Mondnächte des Oster Edelsteine über den Flutspiegel warfen, auf daß seine Wellen wie Goldkämme blitzten und spielten.

Maien
(Mai)

Wer liebt denn nicht des Maien Luft?
Sie weckt, was tot liegt, aus der Gruft.

Die goldene Kutsche

Um die Zeit, als das Wünschen noch erlaubt war und etwas nützte, lebte in einem Dorfe der Eifel die Jungfrau Freudichgern, ein Mädchen, das seine zweiundzwanzig Lenze zählte, blondes Haar und blitzblanke Augen hatte, aber arm wie eine Kirchmaus war. Ihr Vater ging taglöhnern, und die Mutter lag schon lange auf dem Friedhofe. Es hieß, sie sei bald nach der Geburt ihres Kindes gestorben und ihr Mann habe sich nicht entschließen können, noch einmal zu heiraten.

Die Jungfrau Freudichgern hielt das Häuslein, das abseits der Straße und nahe beim Walde lag, sauber, auch den Stall, in dem eine Ziege mekkerte, und den Koben, darin ein Schwein grunzte, und den sechs Hühnern, die mit ihrem Hahn über den kleinen Dunghaufen scharrten, sah sie genau auf die Eier. Sie hatte nur zwei Kleider, eines für den Werktag und das andere für Sonn- und Feiertage. Doch sie stopfte und flickte so gut, daß sie ewig hielten.

Trotzdem ließen die Bauernburschen die Jungfrau Freudichgern sitzen, weil sie eines Taglöhners Kind war, nur das windschiefe Häuslein und keinen Hof, nur die Ziege und keine Kuhherde, nur ein Schwein und sechs Hühner mit einem Hahn ihr eigen nannte. Die blitzblanken Augen, die mehr wiegen als tausend Taler und dreißig Kühe, fünfzig Ziegen, hundert Schweine und dreihundert Hühner, achtete keiner, und so kam es, daß die Jungfrau, seit sie in einem Ostermond das zweiundzwanzigste Lebensjahr überschritt, jeden Abend vor dem Schlafengehen betete: Der liebe Gott möge ihr zum Mailehen einen Tänzer schicken; er solle ihr den Maibaum aufs Häuslein stecken, den Sommer über bei den Dorffesten mit ihr tanzen und sie heimführen, wenn zu Martini das Feuer des Glaubens und der Hoffnung brenne!

Sie schlüpfte auch am Vorabend des ersten Mai in ihr Sonntagskleid und ging, wie es die Sitte gebot, nach dem Feierabendläuten zum Mailehen vor die Kirchtüre. Da stand schon der Maigraf inmitten der Burschen, während die Mädchen im Kreise schwatzten, und als die Jungfrau Freudichgern hinzugetreten war, begann der Maigraf die Ansteigerung. Er rief die Namen der Mädchen, und jedesmal fand sich ein

Bursche, der steigerte und also das Recht gewann, allein mit dem Mädchen seiner Wahl sprechen und tanzen zu dürfen.

Als der Maigraf den Namen der Jungfrau Feudichgern gerufen hatte und lauschend in die Runde schaute, meldete sich wiederum niemand, und da sie zum Schluß den Bündel oder Rummel bilden und einem wilden Burschen angesteigert werden sollte, den sie nicht mochte, ging sie heim und weinte vor sich hin. Sie wollte schier verzagen und sagte zum Vater, dem Taglöhner, der saß und die Abendpfeife rauchte: «Wer schwarz geboren wird, an dem ist alles Waschen verloren. Ich gehe nicht mehr zum Lehen.»

Der Vater aber blickte sie an und meinte: «Es fliegt kein Täubchen über ein Dorf, es muß darin ein Federchen lassen; keiner kann sagen, warum das gut ist und wem es damit dient. Traure also nicht, sondern denke an den Spruch, den ich von meiner Großmutter habe: Sorgt und sorgt nicht zuviel; es geschieht doch, was Gott haben will!»

Am nächsten Morgen sah sie den hohen Maibaum mit den Fähnchen und dem Zierwerk, eine schlanke Tanne, die alle Dächer des Dorfes überragte. Sie sah auch hier und da Maien an den Fenstern anderer Mädchen, junge Birken, deren Blätter im zarten Winde schwirrten. An ihr Häuslein aber und das Fenster ihrer Schlafkammer hatte niemand gedacht.

Deshalb blieb sie der Maikirmes fern und hielt sich auch an den folgenden Sonntagen zurück. Pfingstsamstagabend aber verließ sie, als die Küche aufgeräumt war, das Haus und ging in den Wald. Der Vollmond schien durch die Wipfel der Bäume, Nachtigallen schlugen, und Finken, Meisen und Ammern, auch Pirole und Amseln begleiteten ihr Lied. Den Tag über war es der Jungfrau Freudichgern gewesen, als lockte sie eine Stimme, und sie hatte wieder singen können, zum erstenmal seit dem Mailehen. Nun ging sie, wundersam bewegt, lauschte den Vögeln und dem Winde, der die Baumkronen anwehte, spähte zwischen den Stämmen, die vom Golde des Mondes leuchteten, und summte schließlich ein altes Lied vor sich hin. Es lautete:

«Ich bin allein in dieser Nacht:
O Rosental, o Blümelein.
Habt ihr die Augen aufgemacht?
Es singen tausend Vögel fein.

Ich bin allein im grünen Wald.
O Rosental, o Blümelein.
Vom Berg das Horn des Hirten hallt,
und golden strömt der Mond hinein.

Wer führt mich recht an stummer Hand?
O Rosental, ihr Blümelein:
Die Knospe bricht aus Haft und Band,
und Wasser wird im Wunder Wein.»

So summte und sang sie und kam zu dem Grunde, den man im Dorfe das Rosental hieß. Dort war einmal in einer Pfingstnacht unter der ältesten Eiche eine seltsame Rose aufgeblüht, aber beim Morgenlichte wieder verschwunden, und das hatte der alte Hirt beobachtet und erzählt.

Die Jungfrau Freudichgern wußte nicht, was sie an die Stelle trieb. Sie summte und ging und stand plötzlich unter der Eiche, deren Wurzelknorren breit über den Waldboden krochen. Als sie eine Weile gewartet und gelauscht, auch wohl hin und her geblickt und geträumt hatte, rief eine Wisperstimme:

«Was irrst du weit, was suchst du fern?
Kehr heim, kehr heim und geh zum Stall.
Sei treu und gut, so fällt ein Stern,
und Liebe blüht durch's All.»

Sie stutzte, sann der Stimme, die fein und melodisch klang, nach und eilte dann heim, kam aus dem Rosental und dem Walde und sah im Mondlichte ihr Häuslein und hinter ihm das Dorf mit dem kantigen Turm der Kirche. Immerfort hörte sie die Worte: «Kehr' heim, kehr' heim und geh' zum Stall», und der Lärm der Burschen, die ihre Peitschen knallten und johlten, vor Pfingsten die Unholde aus den Lüften zu treiben, konnte sie nicht ersticken.

So kam sie in den Stall und merkte, daß die Ziege noch wach stand, weil sie nicht gemolken war. Sie holte den Eimer, ließ die Tür offen, huckte vor die Ziege und begann, sie zu melken. Während die Milch breit aus dem Euter stieß, kroch mit einem

Male durch die offene Tür eine Ringelnatter. Sie schlängelte sich über das Stroh an die Jungfrau, hob den Kopf und bat:

«Mein Weg war schwer, die Nacht ist gut.
O gib mir Milch – dann springt mein Blut!»

Die Jungfrau Freudichgern lachte, ließ einen Guß Milch in die linke Handhöhle rinnen, hielt sie der Natter hin und freute sich, zu sehen, wie schnell das zierliche Tier die Milch schleckte. Als ihre Hand geleert war, molk sie weiter. Doch die Natter kroch einmal um die Ziege, hob, als sie zurückkehrte, den Kopf wieder ins Mondlicht und bat:

«Schwer war mein Weg, die Nacht ist gut.
O gib mir Milch – dann springt mein Blut!»

Und die Jungfrau tat wie vorher, ließ einen Guß Milch in die Handhöhle schießen und hernach die Natter schlecken, bis die Hand trocken war. Dann kroch das seltsame Tier abermals in weitem Kreise um die Ziege und die Jungfrau, kehrte zurück, hob den Kopf und bat wie zuvor.

Als die Jungfrau auch diesmal den Wunsch erfüllt und das Tier die fette Milch geschleckt hatte, sagte die Natter:

«Milch wird Gold, und Dung birgt Glück.
Nimm den Schlüssel und sei stumm.
Frohsinn kehrt dir bald zurück,
wenn du gräbst und blickst nicht um.»

So sprach die Natter, und ihre Worte waren ein Lied. Beim letzten Laute kroch sie über den Arm des Mädchens und flüsterte: «Ich winde mich um deinen Hals, einmal nur, und lege dir ein goldenes Schlüsselchen in den Mund. Verhalte dich ruhig, so wirst du den Schatz heben, der hier begraben liegt. Ich hüte ihn, seit deine Voreltern das Häuschen bauten.»

Ob auch die Jungfrau Freudichgern vor der kalten Schlangenhaut schauderte: Sie stellte den Melkeimer hin, hielt still und scheute sich nicht, als die Natter ihr über

den Hals kroch, den Mund ein wenig zu öffnen. Indem fiel ihr das Schlüsselchen auf die Zunge, und es war so fein wie Gespinst von Zwergen. Wenn sie geschluckt hätte, wäre es hinabgeglitten: Das fühlte sie wohl, wartete also ruhig ab, bis die Natter hinunterkroch, und nahm dann das Schlüsselchen zwischen zwei Fingerspitzen. Sie wollte die Natter fragen: Da war das Tier schon verschwunden, und sie erhob sich und stand eine Weile zwischen dem Melkeimer und der Ziege, die in das Mondlicht blinzelte. Umzuschauen wagte sie nicht, erinnerte sich jedoch bald des Liedes der Natter, trug den Melkeimer hinaus und band, immer vor sich hin blickend, die Ziege in eine andere Ecke. Darauf hob sie mit der Mistgabel den Dung fort und griff den Spaten, zu graben. Sie wunderte sich, daß der hartgestampfte Stallboden nachgab, warf die Erde beiseite und stieß, als sie noch nicht lange gegraben hatte, auf ein breites Holz. Sorglich scharrte sie die Erde davon, grub an den Seiten nach und sah zuletzt, daß sie auf einer Tür stand, die zwei Schritt in die Breite und wenigstens drei Schritt in die Länge maß. Sie klopfte mit dem Spaten und merkte unter der Tür einen hohlen Raum, bückte sich nieder und fand an der linken Seite ein zierliches Schloß. Da hinein steckte sie das Schlüsselchen und drehte es dreimal herum, ging von der Tür fort und versuchte, sie zu öffnen. Doch sie hob sich von selbst, stieg nach rechts auf und legte sich zur Seite, daß der Mond prall und breit in die Grube fiel.

Da blitzte und blinkerte es plötzlich durch den Stall, wie wenn aus der Tiefe eine Goldader bräche. Die Jungfrau schaute hinab und sah einen Wagen mit goldener Deichsel, zwei goldenen Rädern, einem goldenen Kutschbock und einer Peitsche, der an goldenem Stiele eine Silberschnur hing. Sie lächelte und dachte: «Was soll ich mit der Kutsche? In ihr müßte die Maikönigin fahren, morgen, beim großen Pfingstzug, und die bin ich nicht. Aber herausziehen will ich die Kutsche doch.»

Vorsichtig nahm sie die Deichsel in beide Hände, und da der Wagen auf einer fallenden Ebene stand, folgte er leicht und schnell dem Zuge ihrer starken Arme. Derweil sie ihn durch den Stall an die Tür und zum Hofe zog, legte eine Prinzessin, die mit einem Male hinter ihr stand, die Hand auf ihre Schulter und sprach: «Du hast mich erlöst. Ich war die Ringelnatter und mußte die goldene Kutsche hüten, bis eine Jungfrau sich nicht scheute, das goldene Schlüsselchen in den Mund zu nehmen. Es könne nur in der Pfingstnacht sein, hatte der Waldmann gesagt, der mich, als ich vor undenklichen Zeiten mit meinem goldenen Wagen hier durchfuhr, anhielt, verwandelte und den Wagen in den Grund stieß. Damals stand noch kein Häuslein da, und ich lebte als Natter allein, bis schließlich ein Mann kam, die Waldbäume niederschlug, das Häuslein und den Stall baute, und da wartete ich, Jahr um Jahr. Schon deiner Großmutter bot ich, da sie noch Jungfer war, im gleichen Stalle während der Pfingstnacht das Schlüsselchen an. Doch sie ekelte sich vor mir, schrie auf und lief hinaus, und ich mußte wieder warten. Als du aber gegen Abend zum Rosental gingst, wußte ich, daß meine Stunde schlug. Nun bin ich frei und fahre durch die Welt als Königin der Maifreude.»

Darüber bog ein schlanker Schimmel lautlos um die Ecke. Die Mähne flog über ihm her, er trug eine Satteldecke von blauem Samt, goldene Gurte und zwei Silberschellen am Kopfzeug und schritt rückwärts in die Deichsel. Die Prinzessin rührte sie an, woraufhin die Holme dem Pferde in die Gurte fuhren. Dann sprang die Prinzessin auf den Wagen, setzte sich in den goldenen Kutschbock und nahm die Peitsche mit der Silberschnur. Sie winkte der Jungfrau Freudichgern und sang:

«O Nacht, die blüht: Das Lied ist Licht.
Vergiß den dunklen Keller nicht.
O Gold, o Mai – du Lust und Lied.
Es singt das Glück, der Kummer flieht.»

Der Schimmel zog an, und während die Jungfrau stand und staunte, begannen die Silberschellen zu klingen. Der goldene Wagen hingegen flog mit dem Schritt des Schimmels dem Walde zu, lautlos und schnell. Seine Räder blitzten, und das grauweiße Kleid der Prinzessin leuchtete weithin durch die Nacht. Sie saß, schwang die Peitsche mit der Silberschnur und sang dazu:

«O Wunder, das die Flügel hebt,
o Mond, der in den Kronen schwebt,
o Nacht, die singt, du Wald, der blüht,
o Wurzel, die in Tiefen glüht:

O Duft und Sang, du Fahrt und Ritt:
Ich bin die Maienkönigin.

O Welt, die pulst: Es tanzt der Schritt.
Erlöste Liebe krönt den Sinn.»

Die Jungfrau Freudichgern hörte die Stimme noch eine Weile und sah dann, wie der Wagen zwischen den Stämmen hinabblitzte und schließlich dem Rosentale zu verschwand. Da kam sie zu sich und glaubte abermals, aus einem Traume zu erwachen, merkte jedoch, als sie in den Stall zurückkehrte und das dunkle Loch neben der Tür, auch die Ziele an anderem Platze fand, daß sie Rosental, Ringelnatter, das goldene Schlüsselchen und die goldene Kutsche mit der Maikönigin wirklich erlebt hatte.

Sie sprang auf und rief den Vater, der in der Stube eingenickt war und beim Anruf der Tochter erschreckt auffuhr. Dem erzählte sie von den Wundern der Nacht und fragte, ob er die Silberschellen des Schimmels und das Lied der Maikönigin nicht gehört habe. Der aber sagte: «Ich glaube, du bist von Sinnen. Nichts sah und hörte ich, wartete auf dich und schlief ein, als du nicht kamst.»

Die Jungfrau Freudichgern zündete die Stallaterne an, drängte den Vater hinaus und schritt vor ihm zu dem Gange, der den Wagen geborgen hatte. Umständlich leuchtete sie hinein und sah eine schwarzbraune Truhe. Sie tastete sich hinab, vorsichtig und stumm, und zog den Vater, der immer noch nicht wußte, wie ihm geschah, hinter sich her. Unten versuchte sie den Truhendeckel zu heben, und da er aufgeklappt wider der feuchten Wand lehnte, leuchteten so viel blanke Taler in die Nacht, daß der Vater sich den Kopf hielt und die Jungfrau Freudichgern silberhell auflachte. Sie scharrte mit beiden Händen darin und begann sie zu zählen, hörte jedoch bald auf, blickte den Vater an und lachte mit ihm, und sie waren so froh, daß sie nicht merkten, wie der Mond weiterwanderte und die Nacht dem Morgen zuschritt.

«Nun kaufen wir Äcker», sagte die Jungfrau, «und wir bauen selbst. Das Taglöhnern hört auf. Zwei Ochsen werden angeschafft, eine Karre, Pflug und Egge dazu, und Kühe kaufen wir, und statt des kleinen Stalles wird ein großer gebaut, und eine Scheune setzen wir daneben. Fleißig wollen wir sein, und ich sehe, wer mich zum nächsten Mailehen ansteigert.»

Was die Jungfrau Freudichgern in der Pfingstnacht vor der Talertruhe des dunklen Ganges gelobt hatte, erfüllte sich, langsam zwar, doch stät, und man wunderte sich im Dorfe und meinte: Das gehe nicht mit rechten Dingen zu; niemand könne den Tag vor dem Abend loben; es finde sich nicht alle Wochen eine Wurst in einer Hundekau; außerdem könne sich auch ein Esel reich erben; es werde sich ja zeigen, wie der Taglöhner als Bauer bestehe; darüber urteile einzig die Ernte der nächsten Jahre!

Doch wie man auch redete: Der Taglöhner wurde ein rechter Bauer, weil er die Äcker, die er kaufte, zu bearbeiten verstand, die Jungfrau Freudichgern dazu das Haus in Ordnung hielt und die Maurer und Zimmerer, und nachher die Kühe und Schweine und die vierzig Hühner und ihre Hähne.

Bei dem Mailehen des kommenden Jahres, zu dem sie in neuem Sonntagsstaate ging, wollten alle Bauerburschen sie ansteigern.

Doch sie versagte sich ihnen und rief: «Früher mochte mich niemand, weil ich nur geringen Grund hatte und eines Taglöhners Kind war. Jetzt wollt ihr nicht mich, sondern das Gütlein, und nun mag ich keinen von euch und warte auf den, der kommt und mir gefällt.»

So sagte sie und ging und hatte dennoch am folgenden Morgen drei mächtige Maien vor ihrem Fenster: Solche mit bunten Fähnchen, mit Papierketten und alten Zeichen aus blankem Blech.

Doch wie sich die Burschen auch mühten: Die Jungfrau Freudichgern wies sie ab und wartete, bis eines Tages der Knecht Fürchtegott kam, ein Fremder, der zwar arm aber schlank und stattlich war, an ihre Tür klopfte und fragte, ob der Bauer nicht eines jungen Armes bedürfe; er sei bereit und willig, vater- und mutterlos, nicht gebunden und suche ein Heim; sein Ahne sei ein Bauer gewesen, drüben am Rheine.

Sie nahm ihn auf, und da der Knecht wirklich ein Fürchtegott war, der Scholle und Arbeit und die Ochsen ehrte, er außerdem die Jungfrau Freudichgern lieb gewann, gab sie ihm schließlich die Hand und mit ihr das kleine Gut.

Da sperrten die Burschen vom Mailehen den Mund auf und schüttelten den Kopf und sagten, nun gehe es der Jungfrau Freudichgern erst recht schief. Aber sie irrten; denn wo Freudichgern und Fürchtegott zusammenkommen, gibt's alleweil einen guten Klang, und so lebte denn das Paar mit dem alten Vater friedlich und froh, und das kleine Gut steht heute noch und erfährt jedes Jahr die Pfingstwunder der Eifel.

Brachet
(Juni)

Der Brachet schenkt dem Lande Korn
und bläst der Sonnwend Wunderhorn.

Die Schätze der Johannisnacht

Vor vielen Jahren lebte in einem Dorfe der Ahr ein Bursche, der arm in die Fremde wanderte und weit herum kam, den Blick der Weisen hatte und mehr sah als andere Leute. Er blieb zwar arm, fuhr aber frohen Gemütes, ob Sonne schien, der Sturm blies oder Regen fiel, und wenn er so daherzog, sagte er sich: «Gold kann warten. Wird es mir beschert sein, so gewinne ich es schon, und bleibt es mir versagt, dann bin ich auch zufrieden. Die Welt ist ohnedies voller Freuden.» Als er viele Länder gesehen hatte, Berge und Täler, Ströme und Seen, saatfrohe Ebenen und Wälder, die sich uferlos dehnten, Frauen und Männer, Soldaten und vornehme Herren, ja sogar Könige, verlangte ihn plötzlich heim. Doch tausend Meilen lagen zwischen ihm und seinem Dorfe, und während er so stark an seine Heimat dachte, schritt er den Weg entlang, der irgendwo zwischen halbhohen Kornfeldern und rot blühendem Klee einem Walde zuführte. Es war am späten Nachmittag, und die Sonne neigte sich tief nach Westen. Junger Klatschmohn leuchtete, Grillen zirpten am Wegrain, und Schmetterlinge schwebten über dem Korn. Er ließ die linke Hand – in der rechten trug er den Knotenstock, mit dem er von der Ahr fortgezogen war – sachte durch die Ähren streifen, lauschte den Lerchen, die das Abendlied sangen, und sah vor sich immer wieder das Haus seines Vaters, ein kleines Fachwerk mit Scheune, Stall und Hof und dem breiten grünen Tor.

So sinnend, erreichte er schließlich den Wald in dem Augenblick, in dem die Sonne verschwand und sich Schatten breiteten. Er ging, fast wie im Traume, den schmalen Pfad entlang durch das struppige Unterholz, die Brombeeren und Haselbüsche einem Tannenschlage zu und kam, als es dunkel wurde und die Tannen hinter ihm lagen, an einen Eichwald.

Da stand zwischen uralten Stämmen eine Hütte. Ein Strohdach deckte sie, wilde Ranken bargen ihr Fenster, und die Tür hing windschief in den Angeln. Weil er müde war, klopfte er an, bat um Nachtherberge und erlebte etwas Seltsames: Ihr Bewohner, ein Mann mit brennendrotem Barte, trat heraus, griff, wie wenn er ihn erwartet hätte, seine Hand und sagte: «Nicht hier, beim Vater sollst du schlafen!» Der Mann geleitete ihn wortlos zu einer Hütte, die nicht allzuweit fort stand und der ersten ähnlich sah. Er klopfte an ihre Tür und rief, der Gast sei erschienen und die Nacht vollende sich. Derweil schlug die Tür zurück, und ein Mann trat heraus, der dem ersten glich, wie dieser einen roten Vollbart trug, aber um Jahre älter zu sein schien. Auch er nahm seine Hand und sagte, indes der erste nach bedeutsamem Blicke verschwand: «Nicht hier, beim Vater sollst du schlafen!» Er geleitete ihn zu der nächsten Hütte, und dort wiederholte sich das gleiche. So geschah es fünfmal, indem die Nacht wuchs, ein Wind aufstieg und die Männer, die ihn von Hütte zu Hütte führten, älter wurden. Ihr Blick aber hielt die gleiche Kraft, und ihre Stimme klang wie Hornruf einer nächtlichen Burg.

Bei der letzten Hütte sprang die Tür von selbst auf, und die Stimme aus dem Inneren rief: «Was die Sonne nicht weiß, kündet das Wasser, und was der Tag verbirgt, offenbart die Nacht. Du bist am Ziele. Seit Stunden sehe ich dich kommen. Tritt herein!»

Er folgte und stand bei flackerndem Kienspan dem Urvater gegenüber, einem Greis, der aufrecht im Lehnstuhle saß, einen Scharlachrock mit Silberknöpfen und grüne Hosen trug, die in schwarzen Wadenstrümpfen steckten. Die Locken hingen ihm wirr über die Schultern, und der weiße Vollbart reichte zu den Knien.

Der Alte lud ihn ein, sich zu setzen und von seiner Fahrt zu berichten, und da er es so zwingend tat, daß der Bursche nicht widerstehen konnte, warf er das Felleisen ab, legte den Knotenstock hin und ließ sich behaglich auf die Bank nieder, die hinter dem Tische stand.

Als er aufschaute, war sein Führer verschwunden, und er erzählte dem Alten, der ihn mit großen Blicken betrachtete, von Städten und Dörfern, von Männern und Frauen, Tagen und Nächten, von den Gipfeln und Tälern seiner Fahrt, von frohen und trüben Stunden, wie wenn er ihn seit seiner Jugend kenne, und sagte zuletzt: Nun verlange er heim, zur Ahr; wer wandere, wolle berichten, und das tue er am liebsten vor Vater und Mutter oder vor Brüdern und Schwestern; aber der Weg sei weit!

«Die Ahr kenne ich wohl», erwiderte der Alte. «Zwischen grauen Felsen fließt sie und hat krausen Sinn; ihre Hänge tragen rote Trauben; manchmal führt uns die Fahrt dorthin; gestern schickte ich ihr ein Gewitter, das zweimal einschlug, einen

Kuhstall verbrannte und einen Kirchturm zerbrach; die Frau Ahr bedarf solcher Schicksale; sie spannt sonst den Bogen der Freude zu hoch!»

Der Bursche blinzelte den Alten, der so bedeutsam sprach, von der Seite an und erschrak fast. Doch der Alte hob, als er das merkte, die Hand und fuhr fort: «Ich bin der Vater der Johannisnacht. Alle hundert Jahre erwarte ich sie mit Söhnen, Enkeln und Urenkeln hier im Walde und mache das Wetter nach meinem Sinn. Dann kommt ein nächtlicher Gast, dem ich das Lebensglück bringe, wenn er willig ist. Diesmal bist du es.»

Darüber flog die Tür auf, und der Nachtwind blies so scharf herein, daß der Kienspan greller flackte und der Alte sich erhob und gebot:

«Leg dich nieder, dunkler Wind:
Dem Gewitter folgt der Segen.
Ängstlich lauschen Weib und Kind:
Morgen soll sich Sonne regen.»

Gleich sprang der Wind zurück und schloß die Tür, worauf der Alte dem Burschen erklärte, er bringe ihn noch vor dem Morgen heim, so er dem Tier vertraue, das ihm erscheine, tue, was es verlange und dabei nicht rede: Das Glück offenbare sich nur dem Schweigsamen!

Der Bursche, der erst bei den Worten des Alten gemerkt hatte, daß Johannisnacht sei – bei der langen Wanderung durch fremde Sommer und Lenze, durch die Winter und Herbste der Ferne war ihm der Sinn für die Feste des Jahres verlorengegangen –, versprach, ihm zu folgen: Er habe bei der Fahrt gelernt, das Maul zügeln und mehr zu schauen und zu lauschen als zu reden, und Tiere habe er gern, gleich welcher Art sie seien!

Indem stellte sich auf den Tisch, von unsichtbarer Hand gehoben, ein Nachtmahl, das ihm Brot, Eier und Butter nebst einer goldenen Kanne edlen Weines bot. Der Bursche, dem die Verwunderung über die Geheimnisse der Johannisnacht keineswegs den Hunger genommen hatte, ließ sich von dem Alten nicht zweimal bitten, sondern langte zu und schlug eine gute Klinge. Das gefiel dem Urvater; denn er sagte: «Jugend im Wachsen hat einen Wolf im Leibe; der deine schaut aus frohen Augen und wird dir helfen, die Welt gewinnen. Morgen feiert deine Schwester

Hochzeit, und du erwachst mit dem dritten Hahnenschrei in der Scheune deines Vaters!»

Der Bursche staunte, aber er glaubte den Worten und aß immerzu, und der Kienspan, der niederbrannte, hielt so lange, bis der Hungrige satt war. Da meinte der Alte, nun solle er sich legen und schlafen; Johannisnachtschlaf sei der beste; er stärke für ein ganzes Jahr, und sein Traum erfülle sich!

Der Bursche streckte sich denn auch auf die Bank, schloß, als der Span verglomm, die Augen und schlief bald, müde von der Wanderung und dem nächtlichen Staunen, als läge er im weichsten Bett.

Während er eben zu träumen begann, schritt ein schwarzer Bock in die Stube, stand vor dem Lehnstuhl des Alten einen Augenblick still und trat dann auf seine Bank zu, stieß ihn an und sagte, es sei Zeit, aufzusitzen und davonzufahren; die Nacht trage die goldenen Schalen des Lichtes bereits dem Morgen entgegen, und wer diesen Augenblick verschlafe, werde zum Trottel! Der Bursche sah die grünen Bockaugen, erschrak aber nicht, sondern stand auf, schwang sich auf den haarigen Rücken des Tieres und stieß mit ihm zur Tür hinaus. Den Urvater sah er nicht mehr. Draußen stiegen sie in die Nacht und jagten in gespenstigem Ritt über Wälder, Berge und Seen, Dörfer und Städte, daß ihm Hören und Sehen verging und die Sterne läutende Irrlichter wurden, Dörfer und Städte mit ihren Türmen aber Zwerge, die wie Besessene tanzten.

Plötzlich hielt der Bock auf felsigem Boden und sagte: «Die Hochacht ist da. Steige in den Keller; er bewahrt Gold und Edelschätze und will dich reich machen.» Wortlos glitt der Bursche aus dem nächtlichen Sitz und hob einen Quaderstein auf, den ihm der Bock wies, derweil ein Uhu forthuschte, vorüberflog und schrie. Unter dem Steine sah der Bursche im Sternlicht eine gelbe Schlange, und sie zügelte nach ihm und gab ein ekles Gift von sich. Der Bock befahl ihm, sie zu greifen, und ob ihn auch ein Schauer durchzuckte: Er folgte und packte zu.

Da hielt er statt der Schlange einen goldenen Schlüssel in der Faust, der kunstvoll gearbeitet und leicht wie eine Feder war. Der Bock führte ihn durch die Dunkelheit zu einer Tür und gebot, sie mit dem Schlüssel zu öffnen, und als er ihn eingesteckt und umgedreht hatte, stand er auch schon in einem Felsenkeller, in dem helle Ampeln vom Gewölbe hingen. Am Boden lagen Kleinodien, Kronen und Spangen und goldene und silberne Gefäße, in den Ecken aber Edelsteine, die so vielfältig leuchte ten, daß dem Burschen die Augen überliefen. Er wollte schon seiner Verwunderung Ausdruck geben und laut rufen: Da stieß ihn der Bock mit den Hörnern vor den Bauch und raunte: «Nur dem Stummen bleiben die Schätze der Heimat treu!» Bei diesen Worten ging durch die Kleinodien, die Kronen und Spangen ein lockendes Klingen und erfüllte seine Seele derart, daß er alle Taschen füllen mußte, als trügen die Schätze das Glück und jenes Reich seiner Träume, um das er gewandert war.

Als die Taschen nichts mehr aufnahmen – auch der kleinste Stein wäre wieder hinausgeglitten –, tastete er schweren Schrittes hinter dem Bock zurück in die Nacht, worauf die Tür zuschlug, er aber den Schlüssel zog und ihn, einer Forderung seines struppigen Begleiters folgend, ruhig unter den Stein legte. Dann saß er auf und fuhr wieder durch die Nacht, über Berge und Wälder, zwischen Sternen und Wolken her, und ob auch der Wind fegte: Er saß sicher und ritt.

Soweit erinnerte er sich seines Erlebens, während er morgens in der Scheune des Vaters erwachte, den Hahn hörte und das Geknurre des Hofhundes erkannte.

«Die Sonne scheint, und ich liege im Stroh; hier sollte ich mich doch auskennen», sagte er, sprang auf die Tenne, rieb sich die Augen und griff in die Taschen. An den Schätzen merkte er, daß sein Traum Wirklichkeit gewesen war, obschon er den Bock, der ihn hierhergebracht haben mußte, vergeblich suchte. Er öffnete leise das Scheunentor und trat in den Hof. Wie vor Jahren stand das alte Fachwerkhaus, hingen neben seinen Fenstern die grünen Läden, stand zwischen Scheune und Haus der Stall, in der Mauer aber, die den Hof von der Straße trennte, das grüne Tor, und Girlanden schmückten die Haustür, und Blumen blühten an den Fenstern.

Da erinnerte er sich, daß der Urvater für heute die Hochzeit seiner Schwester angekündigt habe, und schnell trat er an die Haustür und klopfte.

Der Hofhund erkannte ihn gleich wieder, sprang unruhig an seiner Kette, winselte vor Freude und bellte so lange, bis der alte Bauer heraustrat. Der kam im Sonntagsstaat, zu sehen, was es gebe, und er prallte, da er seinen Ältesten so unvermutet sah, zurück und rief: «Zeichen und Wunder geschehen! Wer hätte an dich gedacht! Eben klettert die Sonne über den Rhein, und da stehst du, als warteten hinter dir Grafen und Fürsten.» Der Bursche lachte: Unverhofft komme oft – und dann mit besonderem Geschenk; er sei da, der Schwester zur Hochzeit die Brudergabe zu bringen; deshalb habe er über Nacht laufen müssen und sei vor Freude nicht müde; er feire mit!

Der Vater umarmte ihn, dann lief er und streichelte den Hund, und es dauerte nicht lange, so waren die Mutter, die Schwester und seine Brüder um ihn, und alle freuten sich, ihn wiederzusehen, seine Schwester natürlich zumeist; denn ihr gab er soviel Silber, daß sie ihrem Bräutigam, als der kam, die Kaufsumme eines kleinen Hofes schenken konnte.

Der Johannistag blieb trocken und warm, und so feierten sie zu Rosen, dunklem Bleichart, zu frischem Salat und gutem Schweinebraten eine Hochzeit, wie sie das Dorf noch nicht gesehen hatte. Abends aber gingen sie mit ans Johannisfeuer, und sie tanzten, bis das letzte Scheit erloschen war und die Glut verkohlte.

Man sprach im Dorf noch lange von der üppigen Hochzeit, und ob man auch dies und das munkelte: Das junge Paar zog auf sein Anwesen, wohingegen der Heimkehrer sich umsah, einen Platz suchte und auf ihm ein Haus baute, das viel größer als das des Vaters war.

Dem Brachet folgte der Heuert, diesem der Ernting, dem Scheiding der Weinmond, dem Herbst der Winter und ihm der Frühling, und der Bursche, der die Welt gesehen hatte, lebte recht nach seiner Lust.

In der nächsten Johannisnacht ging er wieder zur Hochacht, fand richtig den Stein und seine Schlange, die sich in den Schlüssel wandelte, und gewann mit ihm den Keller der Schätze. Seine Augen glühten von ihrem Glanz, und er nahm ihrer so viel, wie seine Taschen faßten.

Das tat er alljährlich, und da er trotzdem seine Zeit arbeitete, im Wingert, auf dem Felde und im Hof, auch die Armen nicht vergaß und Vater und Mutter, ohne daß er ein Wort von seinem Reichtum verriet, mitleben ließ, ging es ihm gut. Nur sein jüngster Bruder blickte manchmal scheel und dachte: Er müsse eine heimliche Quelle haben und sich an ihr bereichern; anders sei es nicht denkbar; er wolle achtgeben; vielleicht daß er sie finde!

Er kam auch schließlich hinter das Geheimnis, beobachtete ihn in einer Johannisnacht und war im nächsten Jahre schon vor ihm an dem Steine der Hochacht. Die Wolken hingen finster, kein Stern schien, und zu fernem Donner wetterleuchtete es. Er stand an dem Stein, hob ihn und glaubte, da liege nun der Schlüssel. Als ihn aber die Schlange ansah und züngelte, erschrak er, fluchte und trat nach ihr, und im gleichen Augenblick glitt die Schlange fort. Da war der Schlüssel für immer verschwunden, und der Heimkehrer, der später kam, suchte vergebens nach ihm. Er sah natür-

lich seinen Bruder nicht – hinter einem Felsen hockte der und lugte, was wohl geschähe –, hob den Stein, suchte und sann und fand weder die Schlange noch einen Schlüssel. Als es im Osten dämmerte und das Gewitter, das über Nacht gedroht hatte, näher rückte, machte er sich fort, ging heim und lachte, obwohl er ohne neues Schatzgut geblieben war.

«Ich werde nicht mehr hingehen», sagte er sich. «Die Väter haben einen anderen ausgewählt, und warum soll der sich nicht auch freuen!»

So konnte er sprechen, weil er steinreich war und die besten Wingerte zwischen Walporzheim und der Bunten Kuh, saftige Wiesen und Äcker sein eigen nannte.

Es war selbstverständlich, daß der Neid umging, tuschelte und flüsterte. «Arm zog er aus», hieß es, «einen Knotenstock und sein Felleisen nahm er mit, keiner sah ihn zurückkommen und Schätze tragen; über Nacht tauchte er auf; der Teufel wird ihm Kisten und Kästen füllen und Geld das Osterspiel seines Herzens sein. Wer weiß. was noch geschieht?»

Das munkelte man, wiewohl er vor wie nach mit in den Wingert ging und keinen Bettler ungespeist von seiner Tür entließ, sein gutes Herz also, trotz seinem Reichtume, nicht verlor und zu jedermann freundlich war. Er lachte über das Gerede und blieb für sich, dachte aber schließlich, ein Leben ohne Liebe sei eine Glocke ohne Hammer und dem sohnlosen Manne drohe ein öder Tod, und deshalb ging er sechs Dörfer weiter und holte von dort ein schönes Mädchen in sein Haus. Das kannte er lange, und da es froh war, hellen Blickes und guten Sinnes, heiratete er es und lebte glücklich mit ihm. Er kaufte Pferd und Wagen, hielt Knechte und Mägde, und wenn er mit der jungen Frau ausfuhr, hieß es: «Der Bleichart-König fährt seine Königin spazieren, der Teufel hält Kirmes!» Er hingegen saß neben ihr, lachte, wies auf die Wingerte, die zu beiden Seiten der Straßen anstiegen, und sagte: «Nun werden die Trauben rote Glocken. Sie läuten dem blauen Himmel zu, und so lautet ihr Lied:

‹Blut und Sonne birgt die Ahr.
Blut und Sonne wird zu Wein.
Jeder Berg ist ein Altar,
opfert Blut und Sonnenschein.›

Wenn du genau hinhörst, verstehst du das Lied. Sie singen es dir!»

So fuhren sie, oder sie arbeiteten miteinander auf dem Hofe, im Wingert, auf Akker und Wiese und waren glücklich Jahr um Jahr und wären es geblieben, wenn sie ein Kind gehabt hätten. Aber so sehr sie sich auch sehnten: Es blieb ihnen versagt, und manchmal weinte die Frau darum. Der Mann tröstete sie wohl; aber als er älter wurde und immer noch keines kam, ging er oft allein vom Hofe fort, begann zu fischen und kam mitunter tage- und nächtelang nicht heim. Oft saß er am Ufer der Ahr und sprach mit den Fischen, oder er sang und pfiff ihnen besinnliche Weisen, stellte ihnen Rätsel und neckte sie, als wären sie Kinder. Die Leute im Dorfe merkten das allmählich, tippten an ihre Stirn, zwinkerten sich zu und mäkelten: So gehe es, Reichtum mache närrisch, der Geldteufel verwirre den Kopf und spiele Fangball mit ihm; wenn es so weitergehe, könne er einpacken!

Seine Frau aber stand dann an einem der Fenster des stattlichen Hauses. Sie träumte in die Ferne und weinte vor sich hin: Die Einsamkeit konnte sie nicht ertragen und wäre lieber Magd in leutefroher Hütte als Herrin dieser Stille gewesen, die sprach und doch schwieg.

Als nun wieder einmal die Johannisnacht kam, nahm er Angel und Korb und sagte, er müsse ans Wasser, seine Fische warteten, jeder Augenblick sei wertvoll! Die Frau bat ihn zu bleiben, ein Gewitter hänge in der Luft, und außerdem frevle, wer Johannisnacht die Ruhe der Fische störe: So heiße es in einem alten Buch! Er aber ließ sich nicht halten: Es war ihm, als riefe wieder der Urvater, dem er den Reichtum dankte, und er wiederholte, Johannisnacht müsse er ans Wasser, niemand könne wider sein Blut!

Er ging und war bald im Dunkel verschwunden. Dumpfe Donner grollten über den Bergen, und fern wetterleuchtete es, aber dem Ahrtale schienen die Sterne golden und klar. Wie er gegen den Fluß kam, klang aus den Wellen das Spiel melodischer Geigen, so daß er stehenblieb und lauschte. Er sah im Sternlicht Männlein und Weiblein über den Wellen einen Reigen tanzen und zierlich auf- und niederfliegen, und da sie Edelsteinröckchen und goldene Krönchen trugen, funkelte die nächtliche Luft von ihrem Spiel. Sie schwangen Arme und Beine und bogen die zarten Körper zu dem Sang der Geigen so lustig, daß er laut auflachen mußte. Im gleichen Augenblick verstummte das Spiel, die Tänzer schwanden, und die Sterne lagen wieder ruhig im Wasserspiegel, wie wenn nichts geschehen wäre. Behutsam ging er weiter, blickte hierhin und dorthin und setzte sich ins Ufergras, der Bunten Kuh gegenüber, deren Klippen zum Nachthimmel drohten. Er packte die Angelschnur aus, heftete einen Wurm an und warf die Angel leise und nachdenklich ins Wasser, saß jedoch stundenlang beim Plätschern der Wellen, ohne daß ein Fisch anbiß.

Als ihn das Warten verdroß, rückte er näher an den Fluß und rief in die nächtliche Stille:

«Wascht mir meinen Kittel mit.
Wellen der Johannisnacht
bergen Glück in jedem Schritt.
Wer hat wohl an mich gedacht?»

Darüber gluckste auch schon ein Wasserschwall hoch und machte ihn naß, und er lachte und sang:

«Ahr, du gehst mit nassen Schuh'n.
Doch du bist die Königin.
Dir möcht' ich am Herzen ruh'n:
Feuer weckt dein Blut dem Sinn.»

Da merkte er zwischen den schwimmenden Sternen einen Fisch, dessen Schuppen wie altes Gold leuchteten, derweil seine Flossen blaugrün schimmerten, der Schwanz aber wie ein silbernes Strahlenbündel blitzte. Er hatte nur ein Auge und trug auf dem Kopfe ein diamantenes Krönlein. Dem Fischer stockte der Atem: Etwas Ähnliches hatte er nie gesehen, wieviel Wunder ihm auch begegnet waren. Trotzdem hielt er die Angel ruhig, und wie sehr auch sein Blut fieberte: Er fing das Tierchen, bevor es sieben Ruderschläge mit den gleißenden Flossen zurückgelegt hatte, schnellte es ans Ufer in seinen Korb, löste es und warf den Köder wieder aus. Da hörte er eine dunkle Stimme, die aus dem Wasser rief:

«Einaug, wo bist du?
Berg und Wälder haben Ruh,
und die Sterne schauen zu.
Einaug, wo bist du?»

Aus dem Korbe antwortete es:

«Schwarzer Korb hat mich verschlungen.
Als die Nacht mir zugesungen,
traf mich hier der Angel Biß.
Einaug lebt in Finsternis.»

Nun überlief es den Fischer eiskalt, und er dachte an die Mahnung seiner Frau, öffnete nach dem ersten Schrecken jedoch den Korb und schaute hinein. Indem machte das Tierchen einen Sprung und war im Wasser, ehe der Fischer den Arm gestreckt hatte, es zu greifen. Der Korb aber hing als Silbergespinst in seinen Händen, und die Stimme der Tiefe sang:

«Einaug, da bist du!
Segen bringt die Bunte Kuh,
Segen die Johannisnacht,
der die Sterne halten Wacht.»

Der Fisch aber schwamm durch die Flut und sang:

«Einaug war in dunklem Schlund,
hat das Krönlein dort verloren.
Wer es wiederbringt zur Stund',
steht vor edlen Toren.»

Eine heimliche Macht zwang den Fischer, den Korb noch einmal zu öffnen, und siehe: Da fand er an seinem Grunde das diamantene Krönlein. Er nahm es in die Hand und sah die Arbeit, die wohl vor Zeiten Zwerge geschmiedet hatten. So fein war es, daß er sein Gewicht nicht spürte und sich fragte, wie zart wohl die Finger des Meisters sein müßten, die ein solches Kunstwerk zuwege brächten, wie zart die Hämmerchen, die es zu nieten hätten. Die Sternstrahlen blitzten in den feinen Bogen, und den Kopfring zierte ein Edelsteinreif, der durchsichtig war wie ein Libellenflügel.

Während er das Krönlein betrachtete, sang die dunkle Stimme:

«Einaug, komm wieder.
Unten lockt Johannisnacht,
zündet Licht und Felsenpracht.
Einaug, komm wieder!»

Der Fisch antwortete hell und lockend:

«Einaug muß schauen,
in die Tiefe Brücken bauen,
wo Paläste stehn und blauen,
Einaug muß schauen!»

Der Wechselgesang wiederholte sich immer wieder und betörte ihn derart, daß er mit dem Krönlein näher trat. Als die Wellen seine Schuhe netzten, öffnete sich das Wasser und stand rechts und links wie eine Mauer. Gleichzeitig wurde ein Abgrund sichtbar und in ihm eine goldene Treppe, deren Stufen hinunterführten. Der Fisch war verschwunden; aber auf der obersten Stufe stand ein Knäblein mit blonden Lokken und blauen Augen, wie der Fischer es sich oft gewünscht hatte. Das sah ihn gar lieblich an, winkte und sang, und seine Stimme klang wie die des Fisches:

«Komm, die Tiefe will sich breiten,
Einaug muß hinab dich leiten.
Mutter Ahr sucht einen Mann,
der die Fische hüten kann.»

So selig klangen Wort und Weise, und so lockend, daß sein Blut rauschte und er dem Knäblein folgen mußte. In einer Hand trug er das diamantene Krönlein und griff mit der anderen die Hand des Kindes und schritt hinter ihm in das Innere des Flußbettes.

Da brach das Gewitter los, das seit Stunden gedroht hatte, und dic Wasser schossen zusammen und begannen zu toben. Er aber folgte dem Knaben und kam in das unterirdische Reich der Frau Ahr, auf Wiesen, die saftig und grün waren wie nirgendwo auf den Bergen. Farbige Blumen wuchsen darin und Äpfel mit roten Bakken, auch Birnen und köstliche Pflaumen, und zwischen Rosenhecken stand ein kristallenes Haus, in dem die Frau Ahr wohnte. Es war so hell dort, wie wenn Hochsommermittag wäre, und die Wände leuchteten wie schwimmendes Feuer. Als das Knäblein die Tür berührte, traten aus ihr der Urvater und seine sechs Söhne, deren Bärte noch rot waren wie vor Jahren, und sie grüßten ihn. Der Alte kam auf ihn zu und sagte: «Meine Zeit war um und trieb mich her, dich zu sehen: Wer einmal der Johannisnacht folgte, den holt sie wieder.»

Der Fischer wollte ihm entgegnen: Da trat die Frau Ahr aus ihrem Hause, eine schöne Frau, die schwarzes Haar hatte, eine Silberkrone und blaurote Seidengewänder trug. Sie hieß ihn willkommen, begabte ihn mit edelstem Wein und sagte, nun werde er die Fische hüten und länger leben als alle Menschen der Ahr; Einaug, ihr Kind, weise ihm Wege und Reichtümer, und glücklich solle er sein!

Dann nahmen die sieben Väter ihn, das Knäblein und die Frau Ahr in die Mitte, reichten sich die Hände und sangen:

«Zeit ist kurz, und Zeit ist lang.
Zeit ist Schritt der Ewigkeit.
Wer Johannisnacht durchsang,
ißt und trinkt Unsterblichkeit.»

Mit diesen Worten schritten sie in das Haus der Frau Ahr, und seitdem blieb der Fischer verschollen.

Am Morgen nach der Johannisnacht aber kam seine Frau, die das Gewitter geängstigt hatte, zur Bunten Kuh und fand dort Mütze, Angel und Korb ihres Mannes. Nun wußte sie, daß ihre Ahnung sie nicht betrogen hatte. Sie ging heim und weinte eine ganze Woche lang. Nachher verschenkte sie die Weinberge, ihre Äcker und Wiesen und das schöne Haus und wanderte mit dem Rest ihrer Schätze aus dem Dorfe fort, zurück in ihre Heimat, und blieb einsam ihr Leben lang.

In Mondnächten jedoch, erzählten später Fischer, manchmal auch bei stürmischem Wetter, sieht man den Verschwundenen auf dem Wasser. Nackt, frisch und jung schwimmt er daher, mit Schilf und Wasserrosen geschmückt, und Hunderte von Fischen schwimmen mit ihm. Und bald merkten die Fischer: Wenn sein Gesicht freundlich blickt, werfen sie Angel und Netze vergeblich; schaut er dagegen ernst und streng, dann fangen sie so viel Fische, daß die Körbe sie kaum fassen.

Immer aber, wenn er daherschwimmt, gleiten seine Blicke über die Berge, die den dunklen, blauroten Bleichart tragen, und es ist, als spendeten sie jedem Rebstocke einen besonderen Segen.

Heuert

(Juli)

Im Heuert glüht der Sonne Strahl:
Und golden lacht das fernste Tal.

Die Unkenkönigin

Vor vielen Jahren wohnte am Ende eines Eifeldorfes, zehn Steinwurfweiten hinter dem letzten Hause, eine arme Bäuerin, deren Mann im Moor ertrunken war. Sie hatte ein Kind, einen Jungen, und eine Kuh und schlug sich kümmerlich genug durchs Leben; aber sie war trotz allem frohen Sinnes, hielt ein Dutzend Hühner, ein paar Kaninchen und auch ein Schwein, und wenn sie abends die Eier holte, sagte sie wohl: Wer Eier haben wolle, müsse sich das Gackern gefallen lassen, und wer das nicht hören könne, dem bleibe der Topf leer. Und so oft sie in den Schweinestall ging, zu misten, meinte sie zu sich selbst: Wasch und bügle ein Schwein, es bringt dir's hundertfach ein!

So lebte sie mit sich und der Welt in Frieden und dachte nur daran, ihrem Sohne zu helfen, daß er heranwachse und ein ordentlicher Mann werde. Er mußte viel allein sein; denn sie mochte ihn nicht immer mit ins Feld nehmen, das sich über die Bergbuckel hinzog und deshalb sehr uneben war. Sie schmierte ihm Butterbrote, stellte auch wohl Gemüse, das am Tage vorher übriggeblieben war, auf den Herd und mahnte ihn, bevor sie ging, Essen und Trinken nicht zu vergessen, es halte Leib und Seele zusammen. Selbstverständlich wechselte sie mit dem, was sie ihm gab, ab, und wenn sie im Juli morgens ins Heu mußte – oft taglöhnerte sie und half den großen Bauern –, setzte sie dem Jungen stets einen Teller mit Milch und Weckbrocken auf ein Bänkchen, und sie fand abends den Teller leer und freute sich, daß es dem Kinde geschmeckt hatte, wohingegen es von den Butterbroten und dem Gemüse stets einen Rest zurückließ.

Als sie aber einmal im Heuert daheimblieb, weil es regnete, verlangte der Junge den Teller wie sonst, auch Milch und Weckbrocken, und die Frau stellte ihn, von seinem Verlangen seltsam berührt, auf das Bänkchen und hörte plötzlich an der Tür ein feines Klopfen. Der Junge tat, als sähe er die Mutter nicht mehr, ging hin, öffnete und sagte, halb wie im Traum:

«Unke, Unke, laß uns essen
süße Brocken, dicken Brei.
Durst und Hunger zu vergessen,
kamst du aus dem Sumpf herbei.»

Da watschelte über die Schwelle eine Unke, die häßlich war, schmutziggelbe und schwarze Striemen auf dem Rücken hatte, aber ein goldenes Krönlein trug und gutmütig dreinschaute. Die Frau erschrak zwar, trat jedoch leise zurück und ließ das Kind mit dem Tiere gewähren, und der Junge hob es auf das Bänkchen neben den Tellerrand. Er setzte sich an die andere Seite, nahm den Holzlöffel und begann, als handelte es sich um die natürlichste Freundschaft der Welt, zu essen. Jedesmal, wenn er einen Brocken nahm, schlürfte auch die Unke aus dem Brei, gluckste die milde Speise herunter und schnalzte mit der Zunge, und der Junge freute sich herzlich, rührte um und wiederholte das Sprüchlein:

«Unke, Unke, laß uns essen
süße Brocken, dicken Brei.
Durst und Hunger zu vergessen,
kamst du aus dem Sumpf herbei.»

Die Mutter blieb still und redete auch nicht, als der Teller leer und die Unke hinausgehumpelt war. Sie wollte das Verhältnis des Kindes zu dem Tiere nicht stören, ging ihrer Arbeit nach und ließ den Jungen spielen, füllte hingegen künftig, wenn sie ihn allein ließ, den Teller bis an den Rand, und immer fand sie ihn bei der Heimkehr leer, den Jungen aber fröhlich, wie wenn er den Morgen über mit Blumen, Sternen und Kindern und nicht nur mit seinem Holzlöffel und der alten Unke gespielt hätte.

So geschah es jeden Sommer um die Heuzeit, bis zu dem Jahre, in dem der Junge herangewachsen war und mit in die Berge mußte. Er bat die Mutter, am ersten Morgen der Mahd noch einmal mit der Suppe und den Brocken daheimbleiben zu dürfen; denn er hatte sich den Winter und den Frühling hindurch auf die alte Unke gefreut, und es war ihm, als müßte er doch Abschied von ihr nehmen. Sie kam auch wie in den vergangenen Jahren um die rechte Stunde, und da er sie mit scinem Sprüchlein empfangen hatte, aß sie wie zuvor. Als sie jedoch satt war, ließ sie dem

Jungen das Krönlein in den Schoß fallen und hutschelte von dem Bänkchen fort der Tür zu. An der Schwelle blieb sie sitzen, wandte den Kopf und sang mit einer näselnden Melodie:

«Krönlein öffnet Tür und Tor,
lockt aus Bergen Gold hervor,
findest es um Mitternacht,
wenn der Mond im Krausbaum wacht.»

Es war das erste Wort, das der Junge von der Unke hörte, und er verwunderte sich über die Maßen, öffnete ihr die Tür und ließ sie hinaus. Draußen verschwand sie so schnell, daß er nicht sehen konnte, wohin ihr Weg führte, und er sich sagte, nun komme sie nicht mehr wieder und die schöne Zeit sei vorbei. Aber er hielt das Krönlein in der Hand, beobachtete, wie fein es gearbeitet war, schloß die Tür und lief dem Berge zu, wo da Kleestück lag und die Mutter mähte.

Er hatte nie mit ihr über die Unke und sein Spiel gesprochen, weshalb sie sich wunderte, als er, fast atemlos, kam und erzählte, was sich begeben habe. Auch den Spruch des Tieres sagte er und meinte, indem er ihr das Krönlein gab, die Unke sei gewiß steinreich, vielleicht gar die Königin der Unken.

Die Frau betrachtete das Krönlein, in dem die Sonne spielte, und es blitzte noch schöner als die Goldkäfer, die vom Kleeacker auf den Weg girrten. «Die Hundstage», sagte sie, «sind hell und klar und versprechen ein gutes Jahr, und das Krönlein deutet auf ein besonderes Glück. Wenn die Unke nicht zurückkommt, es zu holen, darfst du es behalten. Dann folgen wir dem Spruch und gehen, sobald der volle Mond scheint, zum Krausbaum. Er steht auf dem Hollerberg, drüben, eine Stunde vom Dorfe; leicht wird der Weg nicht; denn am Krausbaum ist es nicht geheuer, und manch einer geriet dort mit dem Tode zusammen.

Sie reichte dem Jungen das Krönlein, und der steckte es sogleich in die Tasche und begann dann, neben der Mutter, die ein zweites Sicht mitgenommen hatte, zu mähen. Immer wenn er zuschlug und die Kleeblumen sanken, hörte er den Spruch der Unke, und es war, als sänge das blanke Messer, das die Halme knickte, die näselnde Melodie, die sich ihm unvergeßlich eingeprägt hatte.

Eine Stunde mochten sie gearbeitet haben: Da hörte die Mutter auf, ihr Butterbrot zu essen, und sie setzten sich miteinander an den Feldrand. Er nahm das Krönlein wieder aus der Tasche, ließ die Sonne darin spielen und fragte die Mutter, was das mit dem Krausbaum sei, ob sie nicht eine Geschichte von ihm wisse.

«Ja», sagte sie, «die letzte will ich dir erzählen, und dann mähen wir weiter; denn die Sonne meint es gut, und jede Stunde, die wir versäumen, schadet dem Heu.»

Er huckte sich also hin, hielt das Krönlein mit beiden Händen und lauschte, und die Mutter sprach: «Vor Zeiten stand da, wo du heute den Krausbaum siehst, ein Bauernhof, breit und behäbig, mit einem Turm aus grobem Gemäuer. Als dem Besitzer, der reich wie ein Fürst war, Frau und Kinder an der Pest starben und er bald darauf in den Krieg mußte, vergrub er unter den Wurzeln des Baumes, der damals noch jung und rank vor dem Hoftore wuchs, seine Schätze und hoffte, sie nach der Rückkehr wiederzufinden. Aber der Krieg dauerte dreißig Jahre, und der Bauer kam nicht heim. Der Hof zerfiel, der Turm zerbrach, und der letzte Stein schwand im Laufe der Zeit, so daß bald niemand mehr wußte, wo das Gemäuer gestanden hatte. Die Kunde von dem Schatz aber erbte sich fort und lebt heute noch. Manchmal gruben beherzte Männer nach ihm, fanden jedoch nichts und sagten, beim zwölften Spatenstich seien ihnen Knüppel zwischen die Beine geflogen, und jeder habe aufhören müssen, zu schaffen. Keiner konnte verraten, woher sie geworfen wurden, und lange wagte sich weder Mann noch Weib zu nächtlicher Stunde an den Krausbaum. Schließlich ging die Frau eines Seiltänzers, die im Dorf geblieben war, weil ihr Mann am zweiten Abend seiner Kunststücke vom Seil stürzte und tot blieb – er fand auf unserem Friedhof seine Ruhestatt –, wieder hin. Sie lachte über die Furcht der Männer und Frauen und sagte, wem fremder Wind um die Nase geweht sei, der pfeife auf das Gerede von den Unholden. Also schaufelte sie lustig draufzu, sah nicht rechts und links, sondern dachte nur an das Gold, das sie suchte. Während nun der Mond aus den Wolken trat – so erzählte sie später –, begannen in der dichten Krone Geisterlein ein Geigenspiel, dessen Melodien sich wie wundersame Fäden durch die Nacht spannen. Sie richtete sich auf, lehnte an dem Spaten und lauschte, und da die kleinen Geigen immer betörender sangen, vergaß sie sich selbst und ihre Sucht nach dem Golde. Plötzlich aber stürzte ein Geisterlein – es habe ein blutrotes Wams, giftgrüne Hosen und einen goldenen Gurt getragen, behauptet die Frau – aus der Krone vor den Spaten und stieß eine blitzblanke Klinge gegen die Lauscherin, so daß sie zusammenschrak und den Berg hinunterstolperte. Den Spaten ließ sie im Stich, lief immerzu und fühlte, wie hinter ihr das Geisterlein mit der

Klinge schwirrte. Atemlos kam sie im Dorfe an, hatte morgens schneeweißes Haar, wiewohl sie noch nicht dreißig Jahre alt war, und wurde nach drei Wochen neben ihrem Manne, dem Seiltänzer, begraben. Seit der Zeit ist nachts niemand mehr oben gewesen. Wenn aber deine Unke will, werden wir gehen!»

So schloß die Mutter ihren Bericht, und dann nahmen sie die Arbeit wieder auf, mähten breite Schwaden und sprachen kein Wort mehr über das Krönlein und den Auftrag der Unke.

An den folgenden Morgen aber blieb der Junge daheim, zu sehen, ob sie nicht käme, ihren Schatz wiederzuholen, und als das nicht geschah, sagte die Mutter am Siebenbrüderabend: «Das Wetter blieb trocken, die Ernte wird gut; diese Nacht können wir es wagen.»

Um die zehnte Stunde machten sie sich auf den Weg, und der Junge trug das Krönlein in der Rechten. Sie schritten schweigsam, zunächst durch den alten Buchenschlag, dann einen Tannenhang hinauf, immer den Windungen nach, die der Pfad machte, und kamen zuletzt auf den einsamen Hang, der nur vereinzelte Wacholdersträucher, auf seinem Gipfel aber den Krausbaum wies. Er ragte düster und breit auf, und da es totenstill war, spürte der Junge, wie ihm das Herz schlug. Seine Mutter aber ging weiter, und er folgte, hielt das Krönlein wie ein Heiligtum ins Dunkel und atmete kaum.

Als sie bei dem Baume ankamen, zuckte er zusammen, und die Mutter schlug eine Hand vor die Augen; denn plötzlich breitete die Krone des Baumes ihre Äste, wölbte sich hoch und erglühte in einem wundersamen Funkenspiel. Es tropfte von Blatt zu Blatt, erfüllte die Nacht und schenkte dem Dunkel jenes Dämmerlicht, das Geheimnisse offenbart. Gleichzeitig klang aus den Zweigen ein Chor feiner Geigen. Er stieg himmelan, senkte sich dann nieder und hallte zu den Wäldern, als riefe er sie auf, im Traume mitzusingen.

Die Frau und der Junge blieben stehen und lauschten, und sie warteten auf das Geisterlein mit der blitzblanken Klinge, dem roten Wams und den giftgrünen Hosen. Aber es kam nicht, weshalb sie es wagten, näher an den Stamm zu treten. Schließlich bückte sich der Junge und pochte, dem Worte der Unke folgend, mit einem Bügel des Krönleins zwischen den Wurzelknorren wider den Berg. Im gleichen Augenblick öffnete sich der Berg so weit, daß vier Hände hineingreifen konnten, und eine silberne Stimme sang zu dem Chor der Geigen:

«Erde birgt im Dunkel Leben.
Jeder Grund wird Glück und Born,
wenn der Sinn versteht, zu heben.
Seele trägt das Wunderhorn!»

Das Innere des Berges glühte auf, und als die Frau zuschaute, erkannte sie im Gestein Goldschätze, Spangen, Ringe und Schnallen, die ruhig lagen und blinkten. Sie griff hinein und füllte ihre Schürze, und der Junge legte das Krönlein auf den Wurzelarm, half mit beiden Händen und steckte, als die Schürze schwer hing, einen Teil des Schatzes in seine Taschen.

Indem aber kroch die Unke vertraulich an, und sie blinzerte dem Jungen ins Gesicht, nahm ihr Krönlein und verschwand. Da verstummte der Geigenchor, die Erde schloß sich, und der Baum stand wieder schwarz und still gegen den Himmel, dem der Mond inzwischen die sternseidene Wölbung mit weißen Schäfchen füllte.

Die Frau und der Junge erhoben sich, ganz ohne Furcht, fühlten ihre Schätze und gingen, dankbar gegen die Unke, zwischen den Wacholdersträuchern bergab in den Tannenschlag und durch die Buchen nach Hause. Sie sprachen auch jetzt nicht miteinander; denn jeder war auf seine Art erfüllt von dem Wunder der Siebenbrüdernacht.

Als sie daheim Licht anzündeten und ihre Schätze ausbreiteten, merkten sie erst, wie reich sie geworden waren. Sie blieben aber fromm und gut und hielten ihrem Tagwerk die Treue. Die Unkenkönigin sahen sie nie mehr, so oft sie auch nach ihr ausschauten, und den Weg zum Krausbaum machten sie nicht noch einmal. Wohl wiederholte der Junge in guten Stunden das Lied, das die silberne Stimme in der Krone des Baumes zu dem Chor der Geigen gesungen hatte, und die Mutter blickte ihn heimlich an, wenn sie die Worte hörte:

«Erde birgt im Dunkel Leben.
Jeder Grund wird Glück und Born,
wenn der Sinn versteht, zu heben.
Seele trägt das Wunderhorn.»

Sie wunderte sich alleweil, wie gut er sie behalten hatte.

Der Junge wurde ein gelehrter und vornehmer Mann und nahm, als er in die große Stadt gezogen war, seine Mutter zu sich und hielt sie in Ehren. Jedes Jahr aber kehrte er aus der Stadt für einige Wochen ins Dorf zurück, wohnte in dem Häuslein, das Vater und Mutter erbaut hatten, zehn Steinwurfweiten vom letzten Hause ab, dachte der Stunden, in denen er als Kind mit der Unkenkönigin gespielt und gegessen hatte, und blieb dabei gesund und froh sein Leben lang.

Ernting
(August)

Ob auch der Ernting donnert sehr:
Er spendet doch der Garben Heer.

Der silberne Schuh

Wenn um Mariä Himmelfahrt, mitten im Ernting, die Tage blau und sonnig über der Eifel stehen, durch die Luft der Höhenrauch schwebt, alle Wälder dunkelgrün träumen und die Felder golden leuchten, die Nächte aber ihre Vollmondwunder offenbaren, schenkt sich die Natur den Menschen, die guten Willens sind. Giftige Tiere verlieren ihr Gift, und die Kräuter künden ihre Heilkraft so stark, daß man sie sammelt und segnet und daheim ins Gebälk hängt. Dann tritt alleweil in einer Nacht aus den alten Bergschächten bei Kall ein Wicht und stellt irgendwo hin einen silbernen Schuh. Er ist schwer zu finden; denn der Wicht bringt ihn gern unter die breiten Blätter der Bachufer oder zwischen die Spalten der Felsen. Wer ihn aber entdeckt und an sich nimmt, findet das Glück des Lebens und wird mit Kind und Kindeskindern reich und froh.

Nun lebte vor Zeiten im Schleidener Tale ein Graf, der ein Finsterling war. Das Auge stand ihm ständig düster im Gesicht, und der Mund sprach, zumal seit dem Tode der Gräfin, nur mürrische Worte oder einen Fluch. Seine Burg trotzte von der Höhe und beherrschte weitum das Land, und wenn er durch die Dörfer ritt, hielten die Bauern scheu und grüßten den Herrn, blickten jedoch erleichtert, so sie ihm auf den Rücken sahen. Dahingegen war seine Tochter eine Jungfer, der jeder Blick zum Sonnenstrahl wurde, weshalb es hieß, sie wandle die Distel zur Rose und mache aus einer Eule eine Nachtigall, der Graf brauche ihr nur den Willen zu lassen.

Aber das tat er nicht, und als ihn ein Jungherr, dem sie sehr zugetan war, um die Hand des Mädchens bat, rief er: «Wenn Ihr über Nacht einen Fahrweg zu meiner Burg baut und am folgenden Morgen mit Troß und Gefolge dasteht, die Braut zu holen, sollt Ihr sie haben. Versagt Ihr, dann bleibt Euch meine Tür für immer verschlossen.»

Das war ein harter Bescheid, weil die Burg hoch stand und nur ein schmaler Pfad zu ihr hinaufführte. Die Jungfer weinte, und der Jungherr nahm sein Pferd am Zügel und leitete es mutlos bergab. Er wußte, daß niemand während der Nacht einen solchen Weg bauen konnte, und ritt dennoch, als er das Tal erreicht hatte, vor sein Bergwerk und fragte den Aufseher, was zu tun sei.

Der aber erwiderte: «Nesseln wachsen ohne Saat, sie treibt der Teufel. Den Weg könnte auch er in einer Nacht nicht schaffen, und wenn ihm das Heer seiner Höllenknechte hülfe. Ich bringe ein Drittel von ihm in einem Jahr fertig, vorausgesetzt, daß alle Leute des Bergwerkes Tag und Nacht arbeiten, nicht essen und trinken und keinen Augenblick ruhen.»

Da gab der Jungherr ihm das Pferd und befahl, es in den Stall führen zu lassen: Er wolle durch den Wald gehen und draußen bleiben; der sonnige Tag verspreche eine Nacht, die den Kummer überwinde.

Es war aber der Nachmittag vor Mariä Himmelfahrt, und stundenlang schritt der Jungherr zwischen den Hochstämmen her, aus einem Kiefernschlage in die Buchen, durch Eichenhänge, über Hügel und durch die stummte Pracht der Fichtendome. Kein Mensch begegnete ihm, und die Rehe, die an den Lichtungen standen, blickten groß und gläubig. Soviel Goldkäfer wie an diesem Tage huschten nie über seinen Weg; aber sie machten ihn nicht froh. Er wußte nicht, ob er im Kreise ging: So traurig sann er den Worten des Grafen nach. Die grüngoldenen Feuerspiele auf Laub und Stamm, die silbernen Spinnwebfäden zwischen den Fichten oder den Kräutern des Waldraines, die Eichhörnchen und Häher, die seinen Weg begleiteten, die roten Fingerhutblüten sah er kaum und kam gegen Abend in eine schwarzgrüne Schlucht, aus der ein Bach zu Tal sprang.

Er setzte sich müde unter eine Eiche, blickte dem Lauf der Wellen zu, hörte den Buntspecht, der einen Stamm abklopfte, sann auch dem Grillenzirpen nach, das die Schlucht erfüllte, und merkte schließlich, wie die Sonne schied und die Sterne in den Dämmer traten.

Er mochte zwei, drei Stunden gesessen und vor sich hin gesonnen haben, als plötzlich eine Stimme durch die Stille drang, zunächst fein, dann lauter. Erschreckt sprang er auf, wandte sich in die Richtung des Klanges und sah, tief unten, im Walde ein silbernes Geleucht, das hin- und herhuschte und wundersame Strahlen warf, und die Stimme sang:

«Maria fuhr zum Himmel ein
und trug verklärt den Silberschuh.

O Wunderlicht, du milder Schein:
Nun schläft die Welt und atmet Ruh.

Da fiel der Schuh zur Erde hin:
Ihn fand der Berge jüngster Wicht.
O Seligkeit, o frommer Sinn:
Geheimnis strahlt das Silberlicht.

Der Schuh Mariens ruht im Berg,
den tausend Hände hüten scheu.
Doch einer schafft – der Schmiede Zwerg –
und formt das Wunder jährlich neu:

Den Silberschuh, der blitzt und blinkt,
den Schuh, der stark und selig macht,
vor dem der Tage Wehmut sinkt,
und Wunder wird die trübe Nacht.

O Silberschuh, erfüllter Traum:
Ich berge dich dem dunklen Grund.
O Silberschuh, du Schatz am Baum:
Die Sucher führst du froh zum Bund.

O Silberschuh, du milder Schein,
o Nacht, o Himmelfahrt und Ruh:
Durch Blumen strömt der Schöpfung Wein,
und Sterne singen still dir zu . . .»

So sang die Stimme, während das Silberlicht auf und nieder schimmerte und der Jungherr stand und durch den nachtdunklen Wald staunte, dem tausend Sterne die Krone des Himmels wölbten. Mit dem letzten Wort aber senkte sich das Licht und schwand.

Dem Jungherrn war es, als würde seine Seele ein Feuer, und er machte sich die Schlucht hinunter, nach dem silbernen Schuh zu suchen. Es dauerte nicht allzu lange, da hatte er den weiten Weg zurückgelegt, kniete nieder und hob die Blätter auf, die den Bachrand säumten, Farn, Wolfsklau und Huflattich, und sorgsam spähte er ins Dunkel.

Wie er schon zweifeln wollte und sich einen Narren und Träumer schalt, griff er ins Wurzelgeäst einer Eiche, tastete seine Winkel ab und hielt mit einem Male den Schuh in der Hand: Ein zierliches Kunstwerk, dessen Silber wie geläutertes Feuer strahlte, und als er den Schuh fühlte und betrachtete, strömte ihm das Lied der Nacht, das er eben gehört hatte, durch den Sinn, und er sang, erfüllt von dem Wunder:

«O Silberschuh, du milder Schein,
o Nacht, o Himmelfahrt und Ruh:
Durch Blumen strömt der Schöpfung Wein,
und Sterne singen still dir zu.

Indes er dem Echo nachsann, das seine Stimme wachrief, trat ein Männlein vor ihn, ein Wicht, der wohl im Wurzelgeäst gelauert hatte, ein grünes Gewand und einen schneeweißen Bart trug, dazu eine schwarze Zipfelmütze und Purpurstiefelchen, und das Wichtlein blickte ihn an und sprach:

«Du bist das Glückskind des Jahres, weil du den Silberschuh fandest, den wir alljährlich um Mariä Himmelfahrt den Menschen der Berge schenken; er ist nach dem Schuh gemacht, den die selige Frau abstreifte, bevor sie im blauen Gewölk verschwand; wir hüten ihn unter der Erde, und wer sein Abbild findet und bewahrt, bleibt alle Zeit froh, auch dann, wenn seinem Wege düstere Wolken drohen.»

Dem Jungherrn fiel die Not wieder ein, die ihn von der Burg des finsteren Grafen zu seinem Bergwerke und von dort in den nächtlichen Wald getrieben hatte, und er erzählte dem Wichtlein von seiner Kümmernis und dem harten Worte des Alten und sagte: «Du siehst, daß ich ein wenig Licht schon brauchen kann; denn alle Tage, die dem kommenden Morgen folgen, bleiben mir düster, ob auch die Sonne scheint und Äpfel reifen.» Das Wichtlein erwiderte: «Dem Menschen, der glaubt, ist kein Berg zu hoch und keine Schlucht zu tief. Er baut schon einen Weg. Ich will dir helfen, so du mir eine Bitte erfüllst.»

Der Jungherr, der den Silberschuh mit beiden Händen festhielt, sagte, er werde tun, was in seinen Kräften stehe, und das Männlein fuhr fort: «Der Schacht, in dem

jetzt deine Bergleute hausen, stößt fast an unsere Werkstatt, an die Schmiede im Schoß der Erde. Seit Wochen hören wir Fäustel und Picke; wenn er fortgesetzt wird, vertreibt er uns und zerstört die Schmiede, die älter ist als die Reihe deiner Ahnen. Befiehl daher deinen Leuten, noch diese Nacht aufzuhören und den Schacht nach Norden weiterzuführen. Das ist meine Bitte!»

Da hob der Jungherr die Rechte und versprach, dem Wunsche folgen zu wollen, woraufhin der Wicht zwischen den Stämmen im Gebüsch verschwand. Der Jungherr kam sich mit dem Silberschuh wunderlich genug vor und begann schon wieder zu grübeln: Da kehrte der Wicht zurück und brachte seine Gesellen mit, unzählige Männlein, von denen jedes ein Berglicht trug, eine Schaufel oder ein scharfes Eisen, und der Wicht im grünen Gewande, dem der Bart fast auf die Zehen, der Zipfel seiner Mütze aber an den Fersen hing, winkte dem Jungherrn und sprach: «Folge uns. Halte den Silberschuh in der Rechten und verliere ihn nicht. Mit ihm bist du so schnell wie wir.»

Er tat nach den Worten des Wichtes und jagte plötzlich mit dem wimmelnden Haufen der Zwerge, die beim raschen Schritt das Berglicht hin- und herschwenkten, durch die Nacht, der Burg des Finsterlinges zu, und nach kurzer Zeit kamen sie ins Schleidener Tal und sahen auf dem hohen Berge die Burg, ihre Mauern und die stumpfen Türme.

Dem Jungherrn bebte das Herz vor Erwartung. Doch die Zwerge begannen ihr Werk, hämmerten, sprengten Felsen und fällten Bäume, und das Tal leuchtete trotz der Nacht wie ein Sommertag. Tausend Hände hieben den Bäumen Äste, Zweige und Blätter herunter, und abertausend Hände rollten die runden Stämme auf den Weg. Er wuchs allmählich von der Talsohle an die Burgmauer, stieg und hielt, und als ein Kirchturn der Ferne die erste Morgenstunde schlug – der Glockenklang rollte dumpf über die Berge, einmal und schwer –, war es geschehen, lagen die Stämme als Bohlen quer auf dem Wege und so fest, daß hundert beladene Erntewagen hätten hinauffahren können.

Der Wicht im grünen Gewande aber sagte zu dem Jungherrn: «Dein Wunsch ist erfüllt. Vergiß unsere Bitte nicht und hüte den silbernen Schuh: Sonst bricht der Weg und begräbt dich. Eile heim, und du findest das Brautgut und kannst zur Hochzeit reiten.»

Indem pfiff das Männlein scharf und schnell, und die Schaufler griffen, als sie seinen Triller hörten, ihre Berglampen und fuhren wie eine Lichtwolke hinter ihm her durch die Nacht dem unterirdischen Stollen zu.

Der Jungherr hingegen, der sich nun allein und völlig im Dunkeln fand, hielt den Silberschuh und lief in der Richtung seiner Burg. Unterwegs klopfte er den Aufseher des Bergwerkes heraus und sagte ihm: Jedes Werk lebe aus seinen Geheimnissen, es solle also nicht fragen, sondern noch diese Nacht die Arbeit an dem Stollen abbrechen und ihn nach Norden treiben lassen. Das geschah auch, wiewohl es nicht leicht war und die Bergleute murrten, der Jungherr sei ein Narr.

Daheim blies er selbst das Horn des Wächters, daß Knechte und Reisige aus den Betten sprangen und Klingen und Lanzen griffen, weil sie meinten, es gelte, die Burg vor einem Überfalle zu schützen. Sie freuten sich deshalb doppelt zu hören, jeder müsse das Festwams nehmen und in einer Stunde auf geschmücktem Pferde den Brautzug reiten, die Himmelfahrtnacht beschere Glück.

Wie der Jungherr als erster im Samtrock und schmuckem Barett in den Hof trat, stürzte ihm der Stallknecht entgegen und rief: «Im Stalle scharren zwei Zelter, gesattelt und gezäumt, schmucke Tiere, wie sie keine Burg der Eifel kennt, und niemand weiß, woher sie kommen.»

Indem trat auch der alte Schaffner vor den Jungherrn, ein Greis mit schneeweißem Barte, und er sprach: «Die Nacht beschert uns merkwürdig gut. Zwei Wagen, die auf die Ernte warten, bergen Kostbarkeiten seltener Art. Truhen stehen darauf, und als ich eben ihre Deckel hob, blitzten mir Edelsteine entgegen, goldene Ringe, Festkleider, Becher und silberne Leuchter. Kommt und seht!»

Der Jungherr, der in der Hand den Silberschuh fühlte, lächelte und sagte, glücklich und verträumt, als stünde er wieder im Walde:

«O Silberschuh, du milder Schein,
o Nacht, o Himmelfahrt und Ruh:
Durch Blumen strömt der Schöpfung Wein,
und Sterne singen still dir zu.»

Dann befahl er den Stallknechten, die Tiere zu holen, und dem Schaffner, die besten Gäule in den Wagen zu schirren: Er wisse von den Schätzen; sie seien das Brautgut und müßten mit. Die beiden liefen, und als bald darauf der Knecht mit den

Zeltern kam und sie die frische Nachtluft schnauften und den Schwarm froher Männer merkten, wieherten sie laut auf, scharrten mit den Hufen und schüttelten die Mähnen.

Der Jungherr ließ den Wächter das Fahrtenhorn blasen, trat zu seinen Leuten und rief: «Die Stunde schlägt: wir reiten und fahren. Ihr kennt das Ziel, und den Weg werdet ihr sehen. Die Zelter führen den Zug. Ich reite das größere Tier; das kleinere wartet auf die Braut. Neben mir reitet der Schaffner, das Alter auf schwarzem Hengste: So gewinnen wir Glück.»

Er trat in den Bügel, griff den goldenen Zaum und schwang sich auf den Rücken des schmucken Tieres. Da folgten ihm Knechte und Reisige und die Fuhrleute mit den Wagen, die das Brautgut bargen. Den Reisigen wehten Wimpel von den Lanzen, und das Fahrtenhorn des Wächters klang vom Turme aus weithin durch die Nacht, derweil die Hufe der Pferde und die Räder der Wagen dumpf über die Zugbrücke kollerten.

Während im Osten das erste Tagrot schimmerte, stand der Zug vor dem Wege, den die Wichte der Himmelfahrtnacht zu der hohen Burg des Finsterlinges gebaut hatten. Der Jungherr ruhte mit Leuten und Pferden eine Weile. Noch hing an den Gräsern Tau, und die Tropfen schimmerten wie seltene Perlen; der erste Kuckuck rief, und hier und da huschten Eichhörnchen auf. Sonst war es morgenstill. Als aber das Licht wuchs, winkte der Jungherr und ritt vor seinem Zuge den breiten Fahrweg hinauf. Die Tiere legten sich in die Riemen, und ob die Straße auch steil war: Indem der Sonnenball hinter den Bergen ins Morgenrot trat, standen sie mit ihren Reitern und Wagen vor dem Tore der Burg.

Ihr Wächter stieß ins Horn, und als der Finsterling aus seinem Bette in die Rüstung gesprungen war und auf die Zinne trat, wollte er seinen Augen nicht trauen: Er sah im Lichte der Morgensonne, die ihr Farbspiel über die Gipfelwälder warf, den Jungherrn auf schmuckem Zelter, das gleiche Tier für die Braut, den Zug der Reisigen, die Wagen und den Fahrweg, den greisen Schaffner auf schwarzem Hengste, Wimpel und Festwämser und frohe Gesichter.

Der Jungherr aber rief ihm vom Zelter aus zu: «Euer Wunsch ist erfüllt, der Weg da, und auf ihm wartet der Zug. Nun öffnet das Tor und gebt mir die Braut. Sie bedarf des Schmuckes nicht. Feuer zündet das Feuer, Licht das Licht!»

Da mußte der Finsterling das Tor öffnen lassen und die Hochzeit noch für den gleichen Tag bereiten, und als die Braut kam, gab es einen guten Klang. Sie ließ den Saal, so schnell es ging, mit Blumen schmücken, und da der alte Graf zu seiner Küche einen erlesenen Keller führte, hallte der Saal wider von lustigen Worten, von Mahl und Becherklang, und nie wurde auf der Burg wieder eine so fröhliche Hochzeit gefeiert.

Abends aber, als alle Sommersterne schienen und die Wälder in der Feierruhe der Himmelfahrt lagen, ritt der Jungherr mit seinen Leuten den Fahrweg der Wichte hinab, abwärts und heimzu, und neben ihm ritt auf dem kleineren Zelter in schneeweißem Seidenkleide die Braut, und ihre Edelsteine blitzten durch den Wald. Diesmal schloß der greise Schaffner auf schwarzem Hengste den Zug, und so ritt ein neues Geschlecht der Insel des Glückes und dennoch dem Strome des Lebens zu, der zur Himmelfahrt führt.

Der Jungherr erzählte seiner Braut die Begegnung mit den Wichten, zeigte ihr behutsam den silbernen Schuh und sang, indes die Hufe durch den dunklen Wald klappten und seine Leute die Stimmen verhielten, wundersam bewegt:

«O Silberschuh, du milder Schein,
o Nacht, o Himmelfahrt und Ruh:
Durch Blumen strömt der Schöpfung Wein,
und Sterne singen still dir zu.»

Scheiding
(September)

Der Scheiding zieht mit heiterm Blick.
Schaut nicht in ihm der Mai zurück?

Der Spielmann vom Berge

Vor Zeiten lebte auf dem Birkhahnenberge, drüben im Bergischen Lande, nicht allzuweit fort vom Rhein, ein Holzhauer mit seinem Jungen, und der war ein rechter Träumer und mochte das Handwerk des Vaters nicht. Seiner Mutter erinnerte er sich kaum; denn sie war gestorben, als er drei Jahre zählte, und da der Vater nicht wieder geheiratet hatte, auch wenig Nachbarn in der Nähe wohnten, sprach der Junge wohl mit Eichhörnchen und Rehen des Waldes, mit Finken und Amseln, auch mit den schlanken Buchen, Eichen und Tannen, aber kaum mit Kindern. Er kannte Anemonen, Fingerhut und andere Blumen, Tümpel und Höhlen und die Fuchslöcher und konnte, wenn er die Geiß hütete, lange sitzen und lauschen, als sänge ihm der Wald ein uraltes Lied, und der Vater murrte manchmal und meinte, er werde, so er weiter faulenze, ein Bettler oder ein Dieb, und dann finde seine Mutter im Grab keine Ruhe über ihren Sohn.

Doch der Junge änderte sich nicht.

Da trieb er einmal an einem milden Septembermorgen die Geiß tiefer in den Wald und blieb den Tag über fort, und während er den Grillen lauschte, die unaufhörlich und froher sangen als sonst, auch den Buntspechten nachschlich, die dem schönen Chore den Takt schlugen, vergaß er das Stück Brot, das im grauen Futtersack hing, und war guter Dinge. Er dachte oft an ein Wort des Vaters, der um diese Jahrzeit zu sagen pflegte, durch den heiteren Blick des Septembers schaue noch einmal der Mai und schenke dem Scheiding einen Becher Lust, und weil die Geiß genug Gras und Blätter fand, blieb sie zufrieden und meckerte kaum, ob er sich auch stundenlang nicht um sie kümmerte und seinen Träumen nachhing.

Erst gegen Abend griff er sie am Gurt, schlenderte heimwärts und spürte plötzlich den Hunger, der ihn an das Brot des Futtersackes erinnerte. Indem er schon hineinlangte, es zu nehmen, trat hinter der Buche an den Sieben Wegen ein grises Männlein auf ihn zu, dem der Bart fast bis zu den Zehen reichte. Es blieb stehen, blickte ihn an und sprach: «Du gehst guten Mutes mit deiner Geiß und weißt nicht, wie weh Hunger tut. Ich warte seit drei Tagen vergeblich auf ein Stück Brot. Wenn du mir nicht helfen kannst, muß ich sterben.» Der Junge lachte und sprach: «Du scheinst die Flöhe husten und das Gras wachsen zu hören. Ich wollte eben mein Brot essen, und wenn es geschehen wäre, müßtest du sterben. Nun aber ist es noch da, und ich bin deshalb reicher als du. Nimm, was ich habe, und freue dich.» Er gab ihm also das Brot und wollte gehen. Da aber sagte das Männlein, das gleich hineinbiß und kaute: «Nun kann ich wieder wandern und will dich lohnen. Wünsche dir etwas, und ich werde es erfüllen.»

Das war leicht gesagt, doch schwer getan, und der Junge überlegte hin und her, sah seine Geiß an und das grise Männlein und hörte, wie die Grillen ihr Abendlied zirpten und an fernen Tümpeln Frösche quakten. Darüber kam ihm sein Lieblingswunsch in den Sinn, und er sagte zu dem Männlein: «Ich möchte eine Geige haben und auf ihr spielen können, wie die Vögel singen und der Wald rauscht, die Wolken fliegen und Schmetterlinge tanzen. Dann könnte ich Spielmann werden und meinem Vater zeigen, daß ich zu einem ehrlichen Handwerk tauge.» «Wenn es weiter nichts ist», erwiderte das Männlein, bückte sich in die Wurzelknorren der Buche und reichte dem Jungen eine Geige und einen Bogen dazu und meinte: «Mit ihr wirst du reicher als ein König, wenn du spielst, was dein Herz bewegt und dein Blut will.»

Der Junge war außer sich vor Freude, als er die Geige in der Hand fühlte, vergaß seinen Hunger und wollte dem Männlein danken. Das aber war mit dem Stück Brot verschwunden, und wie er auch suchte: Er fand es nicht.

So nahm er die Geige, setzte sie ans Kinn und strich, wie er es bei fahrendem Volk gesehen hatte, mit dem Bogen über die Saiten, drückte auch die Finger auf das Griffbrett und war überrascht, wie rein und voll der Ton durch den Wald klang und sich dem Abendlied der Vögel mischte.

«Nun werde ich Spielmann», sagte er, «und wandere durch die Welt. Der Küster wird mir zeigen, was ich nicht kann, und Zeit zum Üben findet sich, wenn ich die Geiß hüte. Der Wald schenkt mir Lieder, und der liebe Gott und seine Buntspechte schlagen den Takt dazu.»

Als er heim kam und dem Vater erzählte, was sich zugetragen hatte, wunderte der sich und meinte, der Junge sei nicht recht bei Trost, goldene Äpfel wüchsen nicht am Wege, und wer zum Heller gemünzt sei, werde nie ein Groschen! Wie er jedoch im Schein des Abendlichtes die braune Geige und den Bogen sah, auch die Töne hörte, die der Junge heraus lockte, schüttelte er den Kopf und sagte: Er wisse, daß die Axt im Walde ihren Mann nähre, ob das aber eine Fiedel tue, sei zu beweisen; er gebe ihm den Segen zum Spiel und wünsche ihm nur Gutes!

Am nächsten Sonntag ging der Junge mit der Geige ins Dorf hinab zu dem alten Küster und erbat seinen Beistand: Er wolle Spielmann werden und verspreche ihm, recht zu achten und fleißig zu üben. Und der alte Küster, den der offene Blick des Jungen freute, nahm sich seiner an und unterwies ihn. So oft er kam, staunte er über die Fortschritte, und nach dem Winter, als der Wald wieder im Frühlingsschmuck stand, mußte er gestehen: «Ich kann dich nichts mehr lehren; denn du spielst wie ein Meister, und der Rhein und seine Wälder, Wolken und Berge singen in deiner Geige, der schönsten des Landes.»

So war es: Wenn der Junge im Walde saß und die Geiß Grashalme zupfte, übte er und spielte, und jeden Morgen griffen seine Finger sicherer, sprang der Bogen schneller über die Saiten, und die Vögel kamen, setzten sich auf die Äste vor ihn, unterbrachen ihre Lieder oder antworteten mit ihnen, so er vom Spiel ausruhte. Die Leute aber, die durch den Wald gingen, blieben stehen und lauschten eine Weile, und bald hieß es in den Dörfern: Der Sohn des Holzhackers sei Meister, und wer wissen wolle, was eine Geige in sich habe, der müsse in den Wald; dann erlebe er ein Wunder!

Nach ein paar Jahren war er im ganzen Lande berühmt und wurde Spiel-Käffer genannt, und es hieß, seine Geige berge Zauber und erfülle Blut und Seele mit Leben; wenn er spiele, trage jeder Mensch eine Krone!

Die Junker holten ihn zu Festen in ihre Schlösser, und die Gäste saßen abends in hohen Sälen und lauschten seinem Spiele. Dann war es, als wehte Nachtodem der Wälder durch die Schwüle des Feierraumes. Sie spürten das Sternlicht, das hineinrann, das Lied der Nachtigallen, Erde und Himmel im Bunde und atmeten frei und stark. Wenn er zum Tanz überleitete, erhoben sie sich, gaben einander die Hand und schritten zu seinen Melodien auf und nieder, bis sie schließlich wundersame Reigen wogten und ihn baten, nicht aufzuhören, bevor der Morgen komme.

Die Bauern, die hinter den Junkern nicht zurückstehen wollten, luden ihn zu den Kirmessen und sagten: Auch der Bauer könne tanzen; er möge spielen, was ihm gefalle; es solle sein Schaden nicht sein!

Und Spiel-Käffer spielte nunmehr den Bauern, was sie von ihm begehrten. Ehe er ihnen aber Tänze fiedelte, mußten sie seiner Waldmusik lauschen, und so oft er sie spielte: Immer wieder klang sie neu, und manchmal endete er sie mit seinem Lieblingsliede. Es hieß «Der alte Gott lebt noch», und er hatte es selbst erfunden. Wenn er es in einfachen Strichen spielte und dazu sang, nahmen die Bauern, nach den Wundern seiner Läufe und Triller, die Mützen vom Kopfe, und die Frauen falteten die Hände. Sobald er aber hinterher die Tänze begann, stießen sie Tische und Stühle beiseite, die Pärchen henkelten sich ein und flogen bald so toll im Kreise, als wäre die Welt nur des Tanzes wegen geschaffen!

Landauf, landab aber nannten sie den Spiel-Käffer nach seinem Lieblingsliede den alten Gott, wiewohl er noch jung war, und wenn er bei den Kirmessen ins Wirtshaus trat, den Bogen zog und zu spielen anhub, riefen sie: «Der alte Gott ist wieder da. Grüß Euch Gott, alter Gott!» Das gab dann alleweil eine fröhliche Stimmung, und da Spiel-Käffer bei seinen Fahrten über Land dies und das hörte und zu erzählen verstand, blieb er monatelang unterwegs und trieb den Griesgram vor sich her.

Den Vater hatte sein Handwerk, da er sah, wie gut es ihm ging, versöhnt, weshalb der nach Jahren ruhig sterben und ihm sagen konnte: «Der Tod schlägt die Axt auch an die stärksten Eichen. Er kann mich fällen. Ich folge ihm und lege mich gern zu deiner Mutter ins Grab; denn du stehst deinen Mann im Leben, und das werde ich ihr erzählen. Spiel mir dein Lieblingslied zur großen Reise.» Und Spiel-Käffer nahm die Geige und spielte dem Vater, während er entschlief, das Lied vom alten Gott so gläubig, wie er es nie zuvor gespielt hatte, und als er den letzten Ton ausstrich, war der Holzhauer tot und lag friedlich in seinem Bett.

So wurde Spiel-Käffer Herr des kleinen Hauses, das auf dem Birkhahnenberge stand und an die zweihundert Jahre alt war. Er blieb nach dem Tode des Vaters einige Wochen daheim, verkaufte jedoch die Hühner und die Geiß – wohl die sechste, die seit der Begegnung mit dem grisen Männlein im Stall war –, machte alle Läden und Schlösser dicht und ging, wie die Herbstkirmessen begannen, mit seiner Geige auf Fahrt; denn so sehr er auch die Stille schätzte: Das Spielmannsblut verlangte Menschen, die ihm lauschten.

Die Bauern merkten seinem Spiele nicht an, daß ihm der Tod über den Weg gelaufen war, und als einer, der davon wußte, zu ihm sprach, der Tod sei ein Pfeil durch alle Mauern und ein bitter Kraut dazu, erwiderte er: «Auf Gräbern wachsen die schönsten Rosen, und sie sagen mir, daß es keinen Tod gibt, sondern nur Leben.»

Da er nach Monaten heim kam und die Läden öffnete, stoben ihm Motten und

Mücken aus der Moderluft der Stuben entgegen, und er schlug um sich und trieb sie hinaus. Nachts aber zwackten und zwickten ihn Wanzen und Flöhe, so daß er immer wieder aus dem Schlafe fuhr und keine ruhige Stunde fand. Er ging am anderen Morgen zu einem Mottentöter und Kammerjäger, kaufte Kräuter und Pulver, bestrich die Bettstelle mit dem Pulver und verbrannte auf einer irdenen Schüssel die Kräuter, die stark dufteten und qualmten. Als er jedoch abends kaum eine Stunde lag, spürte er, wie wenig Kräuter und Pulver genützt hatten, und er sprach zu sich selbst: Das Viehzeug sei frecher geworden und ziehe wie ein Kriegsheer gegen ihn; es wolle ihm Bett und Haus verleiden; der Klügste aber gebe nach: Das lehre ihn der Kampf mit Wanze und Floh!

Indem sprang er auch schon auf, zündete die Lampe an, schnürte sein Bündel und nahm die Geige. Dann warf er die Lampe in den Strohsack des Bettes und wartete, bis die Flammen aufschlugen. Sie leckten und züngelten am Bettgestell und huschten so behende an Tisch und Stühle, daß Spiel-Käffer schnell die Tür aufstoßen und hinauslaufen mußte: Er wäre sonst mitverbrannt. Draußen wartete er, bis das ganze Haus flammte und sich in eine Feuersäule wandelte, die durch die Nacht schien. Ihre Glut lockte die Nachbarn, und sie griffen Eimer und Harken und kamen zu löschen.

Spiel-Käffer hingegen winkte ab, setzte die Geige an und begann zum Tanze der Funken und Flammen ein wildes Lied, und mit ihm schritt er um den Brand, und der Klang seiner Geige mischte sich betörend dem Knistern der stürzenden Balken und Wände. Seine Melodien hallten vom Birkhahnenberge durch die nächtlichen Wälder, und die Männer, denen sich allmählich auch Frauen und Kinder gesellten, stellten Eimer und Harken hin, vergaßen zu löschen und staunten dem Spielmanne zu, der um den Brand seines Hauses schritt und spielte.

Erst als die letzte Wand stürzte, beruhigte sich sein Spiel, und da der Funkenregen nachließ, fand er die Melodie des Lieblingsliedes und spielte und sang «Der alte Gott lebt noch!» Da schüttelten die Nachbarn den Kopf und standen streng und stumm. Er aber leitete, weil er sie so ernst sah, nach dem Liede mit kurzem Zwischenspiele zu einem Tanze über und sang zu seiner Melodie dreimal:

«Wenn das nicht gut für Wanzen ist,
künd', Teufel, mir noch größere List.»

Da bekreuzten sich Männer, Frauen und Kinder, nahmen ihre Eimer und Harken und liefen ihren Häusern zu: Sie glaubten, Spiel-Käffer habe sich in einen Hexenmeister gewandelt, beschwöre den Teufel und verbrenne das Bergische Land. Er jedoch lachte, steckte die Geige in den Sack, nahm sein Bündel und machte sich auf den Weg in die Welt, und es dauerte lange, bis er zum Birkhahnenberge zurückfand.

Sein Spiel wurde immer reicher und lockte niemanden so sehr wie die liedfrohe Tochter eines Grafen, der nahe beim Rheine ein Schloß bewohnte und den Spielmann zu allen Festen lud. Auch er sah das Fräulein gern und fand, wenn er in ihre Augen blickte, die schönsten Melodien seiner Geige.

Da trug es sich zu, daß sie nach dem Maifeste, an dem er den Gästen aufgespielt hatte, durch den nächtlichen Garten gingen und sich ihre Liebe gestanden, und Spiel-Käffer sagte: «Meine Fiedel taugt soviel wie Schwert und Pflug, und wer mit ihr die Menschen froh macht, ist stark wie ein Ritter, der das Reich schützt. So spreche ich zu deinem Vater, und dann muß er mir deine Hand schenken.»

Aber der Graf war stolzen Sinnes und wollte von einem Schwiegersohne, der nur Spielmann sei, nichts wissen, wiewohl seine Tochter ihn herzlich bat, dem Geiger folgen zu dürfen: Sie nehme nur einen Spielmann und keinen Ritter! Da sagte er schließlich, ihn los zu werden: «Wenn du drei Aufgaben löst, wollen wir den Fall besprechen. Überlege es aber wohl; denn mancher Spielmann, der um meine Tochter warb, ging an ihnen zugrunde.»

Spiel-Käffer versetzte: Seine Fiedel nähre ihren Mann, und deshalb habe sie ihn zum Geiger angenommen; einen rechten Geiger aber schrecke kein Auftrag; wenn er also nicht verlange, das Bergische Land auf die andere Rheinseite zu tragen, sei er bereit, die Aufgaben zu lösen!

«So spiele», erwiderte der Junker und blickte ihn gewichtig an, «während der Johannisnacht oben an der Spinneiche auf der Hardt, in der Michaelisnacht aber auf dem verwunschenen Friedhof um die Waldkapelle, und zwar jedesmal von Mitternacht an, eine Stunde, ohne dein Spiel zu unterbrechen, und wenn das gelingt, du also lebend zum Schlosse zurückkehrst, sollst du aufrecht durch den Rhein gehen und in schönem Gleichtakte geigen, indes alles Volk am Ufer steht.»

Der Graf wußte, wie unheimlich die beiden Nächte auf der Hardt und dem Friedhofe waren, und daß Spielleute, die dort Geistern und Toten zum Tanz aufspielten, der Schlag gerührt hatte. Auch war es noch keinem Spielmanne gelungen, geigend

über den Rhein zu schreiten, trotzdem nicht weit vom Schloßberge eine Furt hindurchlief.

Spiel-Käffer aber kannte sie und lachte: «In der Ernte sind die Hühner taub. Ein rechter Spielmann hat immer Ernte und ist also taub gegen Tote und Geister und die Wogen. Er spielt sich selbst und kennt keine Furcht. Ich komme und spiele auf der Hardt, auf dem Friedhofe und über den Rhein.»

Der Graf war's zufrieden, und Spiel-Käffer machte sich auf den Weg, zu wandern und zu fiedeln, bis seine Stunde schlüge. Der Mai blieb zunächst kühl und naß, strahlte aber dafür später um so heller, und der Juni schenkte dem Jahr eine solche Fülle, daß die Bauern tanzten und sangen wie nie zuvor.

«Das ist ein gutes Omen», sagte Spiel-Käffer zu sich selbst, stellte sich, als die Johannisnacht kam, rechtzeitig auf dem Schlosse ein und ging um die elfte Stunde der Hardt zu. Er merkte nicht, daß der Graf heimlich hinterher ritt, zu sehen, was geschehe, schritt aufrecht und straff am Weiher der Schlangenkönigin vorbei durch die Waldschlucht der Höhe zu, von der ein Lichtschein lockte. Wie er an die Spinneiche kam, sah er auf ihrem mittleren Aste ein Mütterchen mit einem Spinnrade. Das Rad schnurrte, und die Spinnfrau, die altfränkisch gekleidet war und mit langem, silberweißem Haar saß, blickte ihn an, und die graue Katze zu ihren Füßen machte einen Buckel und fauchte. Er aber ließ sich nicht stören, sondern ging bis in die Mitte des Platzes. Da standen die uralten Fichten mit Lichtern geschmückt und unter ihnen schlanke Frauen, die traurig das Haupt senkten, obschon sie jung waren und leuchtende Gewänder trugen. Spiel-Käffer trat auf sie zu, und die Trauer schwand aus den Gesichtern der Frauen, als sie seine Geige merkten. Sie baten ihn mit Zeichen, zu spielen, und er folgte ihrer Bitte, wie wenn er zeit seines Lebens nächtlichen Waldfrauen zum Tanz aufgespielt hätte. Zunächst strich sein Bogen leise und bedächtig, glitt aber bald in gewohnter Meisterschaft, und da die Töne rund und voll von der Berghöhe ins All klangen, begannen die Frauen zu tanzen. Sie neigten und bewegten sich, schwangen die Arme und bogen die schlanken Leiber in den Gewändern, daß dem Spielmann das Blut zum Herzen stieg und seine Melodien reicher und wärmer strömten. Er mochte wohl eine Stunde gespielt haben: Da hörten die Frauen auf zu tanzen, kamen und führten ihn auf einen Polstersitz unter der Spinneiche. Er sah die Alte und ihre Katze, und ob auch deren Buckel sich wieder krümmte und ihre Augen giftig funkelten: Er fürchtete nichts, sondern setzte sich geruhsam und froh. Die

Frauen trugen ihm in goldenem Becher Wein zu, der lieblicher duftete als die Würzkräuter des Waldes, und sie fragten ihn, welchen Lohn er begehre. Da sagte er: Das Lied sei Lohn genug, und wenn es ihnen gefallen habe, freue er sich. Sie lächelten und baten ihn zu trinken, und er trank aus dem goldenen Becher, bis ihm die Augen schwer wurden und er sich hinlegen mußte zu schlafen. Derweil er es tat, wandelte sich die Alte in eine Flamme und begann, um die Spinneiche zu kreisen; er aber schlief ein, und als ihn die kühle Morgenluft weckte, lag er statt auf weichem Polster auf bleichen Roßschädeln, und an Stelle des goldenen Bechers hielt er einen Roßknochen in der Hand. Von den Frauen war keine Spur geblieben, wohl hing über ihm ein Restchen Werg, das verkohlt war und von der Spinnerin stammte. Er reckte sich und nahm es an sich, und da er es zwischen den Fingern hielt, wandelte es sich in ein golden Kettlein.

Da rieb er die Augen und mußte lachen, zumal eben die Sonne aufging und eine Nachtigall das Morgenlied anstimmte. Den Roßknochen steckte er mit dem Kettlein ein, und dann machte er sich auf den Weg zum Schloß. Der Graf hatte im Berghange gewartet, bis das Spiel verklang, und war frohen Sinnes heimgeritten, weil er hoffte, auch diesen Spielmann habe trotz seiner schönen Melodien der Schlag gerührt.

Deshalb wunderte er sich, als Spiel-Käffer in den Schloßsaal trat, nicht wenig und rief: «Haben dich die Spinnerin und die Tänzerinnen der Johannisnacht leben lassen? Du warst nicht oben, sonst stündest du jetzt nicht hier!»

Spiel Käffer versetzte: «Daß ich oben war, beweist der goldene Becher, den ich in der Tasche trage, und das goldene Kettlein, das bei ihm liegt, bestätigt es.» Er griff den Roßknochen, der sich wieder in den goldenen Becher gewandelt hatte, und schenkte ihn mit dem goldenen Kettlein der Tochter des Grafen, die neben dem Vater stand und lächelte.

«Auf der Hardt bist du Herr geblieben», sagte der Graf. «Die Michaelisnacht auf dem Friedhofe aber wirst du nicht überstehen.»

«Das soll meine Sorge sein», erwiderte Spiel-Käffer, verabschiedete sich und schritt hindann, zu spielen und zu singen, bis der Herbst käme und ihn die Michaelisnacht auf die Probe stelle.

Als alle Wälder braun standen und die Septembersonne golden schien wie an dem Tage, an dem ihm das grise Männlein die Geige geschenkt hatte, kehrte er zurück, meldete sich zeitig im Schloß und ging abends mit seiner Geige dem Friedhofe zu, der verborgen in einem Waldhange lag und seit hundert Jahren nicht mehr benutzt wurde. Nur einmal im Jahre, und zwar am Michaelisabend, wurde in seinem Kirchlein eine stille Andacht gefeiert.

Als er um die zwölfte Stunde ankam – wieder ritt der Graf hinterher und wartete unten am Berge – setzte er gleich die Geige ans Kinn und sprach vor sich hin: Er glaube ans ewige Leben und deshalb auch an die Ballstunde der Toten! Er begann einen Hupfer, der in dunklen Tönen über die Grabhügel sang und zwischen den Tannen der Friedhofmauer hin- und herwob. Indem stellten sich auch schon Tänzer ein: Hagere Gestalten, die in weißen Hemden aus den Gräbern stiegen, erst hier, dann dort aufeinanderzuglitten und schließlich lautlose Reigen huschten, maßvoll und stumm. Wie er einen Augenblick im Spiel innehielt, sich auf eines der kurzen Steinkreuze zu setzen und von ihm aus zu geigen, drängten die Tanzenden gegen ihn, und er sah ihre Gesichter als Larven, die drohen, zumal eben der halbe Mond dicht um den Turm des Kirchleins fuhr: Männer und Frauen, Alte und Junge. Da nahm er den Hupfer abermals auf, doch diesmal bewegter, und die Tänzer wogten und schleppten wieder in ihren Hemden um die Gräber. Schließlich strich Spiel-Käffer so wild, daß sie sich von einem Wirbel hingerissen fühlten, die Hemden auf ihre Hügel warfen und dann über Kreuze und Steine sprangen und die Arme in die Luft hoben. Es war ein seltsamer Anblick, die Gerippe so tollen zu sehen, und jedem anderen wäre wohl das Herz stehen geblieben. Doch Spiel-Käffer kannte keine Furcht, und so fiedelte er, bis der alte Turm die erste Morgenstunde schlug. Da zerstob das klapperdürre Volk zu seinen Hügeln, streifte die Hemden über und sank unter den Rasen zurück, so daß der Kirchhof wieder still lag wie zuvor. Im gleichen Augenblick aber sank Spiel-Käffer todmüde von seinem Steinkreuze und schlief neben dem Grabhügel ein. Als er morgens erwachte, hüllte Septembernebel die Welt, und es war ihm, als hätte er geträumt. Er erhob sich und erkannte an den Gräbern und den Inschriften ihrer Kreuze den Friedhof, schließlich auch den Wald, der ihn säumte, und spielte, bevor er den Weg zum Schloß schritt, den Toten das Lieblingslied vom alten Gott. Es klang so schlicht und schön, daß Spatzen und Finken in seine Nähe flogen und lauschten, und wie er den Schluß gespielt hatte, sagte er: «Nun liegt ihr nach dem Tanze im Grab, doch die Erde drückt euch nicht. Schlaft ruhig bis zur nächsten Michaelisnacht.»

Der Graf hatte wieder angenommen, Spiel-Käffer sei mit dem verklingenden Tanze gestorben, und wunderte sich nicht wenig, als er so frisch vor ihm im Saale stand.

«Ein Totenbein zum Beweise mochte ich nicht mitbringen», sagte er; «aber ich spielte die Geige, und die Toten tanzten, und nichts geschah mir.»

«Du bist ein Teufelskerl», versetzte der Graf. «Ich ritt hinter dir her und hörte dein Spiel, weiß also, daß du oben warst. Deine Geige scheint ein Werkzeug der Hölle zu sein. Ich bin neugierig, ob du die dritte Aufgabe lösest. Sie ist die schwerste. Alle Schloßbewohner gehen mit hinunter und schauen zu, und zwar gleich.»

Spiel-Käffer machte sich auf den Weg, und der Graf, die Tochter und Knechte und Mägde begleiteten ihn vom Schloßberge talwärts durch das Dorf an den Rhein.

Es war gerade ein Sonntag, und weil die Hochmesse ausging, auch die Sonne den Septembernebel durchbrach, schlossen sich dem Zuge immer mehr Leute des Dorfes an. Sie kannten den Spielmann, wollten schauen, was es gebe, und riefen: «Der alte Gott ist wieder da! Grüß Euch Gott, alter Gott!»

Den Gruß hatte der Graf nie gehört, und er wunderte sich und blickte den Spielmann merkwürdig an. Spiel-Käffer aber lachte, winkte und schritt daher, als gehörten ihm die Berge mit den bunten Wäldern, der Sonne und der goldenen Stille, die reife Äpfel und Birnen darbot.

Am Strom suchte er eine geraume Zeit nach der Furt, und da er sie fand, ärgerte sich der Graf zum andernmale, machte aber trotzdem gute Miene zum bösen Spiel und hoffte, es werde eine ungefüge Woge kommen und den Spielmann mitnehmen.

Indem watete Spiel-Käffer schon in den Strom und geigte seinen tastenden Schritten das Lieblingslied so zuversichtlich, wie wenn er auf fester Straße stünde. In der Mitte stieg ihm zwar das Wasser an die Achseln, und die Wellen gurgelten ihm unruhig um den Hals, so daß er die Geige fein höher halten mußte. Aber nicht einen Takt setzte er im Liede aus, und die Leute standen am Ufer, staunten und hörten das Lied vom alten Gott, das über den Spiegel des Stromes glitt und die Höhen hinaufklang. Als er das jenseitige Ufer glücklich erreicht hatte und ihnen winkte, jubelten sie ihm zu. Er aber wendete sich gleich und legte den Weg, den er gekommen war, noch einmal zurück, und wieder watete er und spielte, diesmal nicht das Lied vom alten Gott, sondern eine neue Weise, und sie klang so ernst, daß der Graf zu seiner

Tochter ging und sie bat, ihm zu verzeihen: Spiel-Käffer sei ein Mann, der sie reich mache und hüte als ein anvertrautes Gut!

Da Spiel-Käffer solches vom Wasser her merkte, auch sah, wie das Mädchen ihm winkte, ließ er der ernsten Weise einen Juchzer folgen. Seine Töne sprangen übermütig zum Himmel, und die Männer am Ufer warfen ihre Mützen in die Luft, während die Frauen sich im Tanze wiegten. Erst als er wieder vor ihnen stand, triefend vor Wasser, aber frohen Blickes, kamen sie zu sich, jubelten und grüßten ihn, und der Graf gab ihm die Hand und sprach: «Du hast im Spiel das Spiel und mit ihm meine Tochter gewonnen. In einer Woche wir die Hochzeit sein.»

Da hoben die Männer den Spielmann auf ihre Schultern und trugen ihn vor dem Grafen und seiner Tochter in fröhlichem Zuge durch das Dorf ins Schloß zurück. Dort wurde er in ein warmes Bett gesteckt, von dem nassen Wege zu trocknen, und weil des Grafen Frau schon lange tot war, brachte ihm die Schaffnerin des Schlosses heißen Tee und pflegte ihn. Acht Tage später fand die Hochzeit statt, und alle Dörfer des Grafen feierten mit.

Nachts aber, als die Gäste aufbrachen, trat der Spielmann auf den Balkon des Schlosses und spielte sein Lieblingslied, und alle, die es hörten, reichten einander die Hand und gingen dann heim, stiller als sonst, doch nicht weniger froh, und sie spürten über sich den ewigen Gang der Sterne.

Der Graf ließ dem jungen Paare auf dem Birkhahnenberge ein Schlößlein errichten, und es hieß im ganzen Lande der Spielmannshof. Da wohnte Spiel-Käffer mit seiner Frau, ohne Motten und Mücken und ohne Wanzen und Flöhe. Sie waren glücklich ihr Leben lang, und alle, die sie aufsuchten, nahmen teil an ihrem Glück und gingen getröstet vom Spielmannshofe fort.

Spiel-Käffer und seine Frau blieben froh, weil sie zusammen sangen und spielten und auch den Tanz nicht vergaßen, und heute noch, heißt es, klingt das Lieblingslied des Spielmannes den Menschen am Rheine durch Blut und Seele und macht sie stark im Kampf wider die Gebrechen der Zeit.

Gilbhart

(Oktober)

Der Gilbhart färbt die Wälder bunt
und lobt das Jahr mit frohem Mund.

Hans in der Hölle

Es war einmal eine Bäuerin, die nur ein Kind hatte, den Hans, der zwanzig Jahre alt und ein Tunichtgut war. Er hatte den Kopf voll lustiger Streiche, hielt aber in den Händen ungern den Spaten, blieb auf dem Tanzboden der letzte und kümmerte sich wenig um die Geschicke der Welt.

Als ihm eines Tages der Pfarrer begegnete und ihn anrief, warum er wieder lungere und pfeife statt zu schaffen, der Gilbhart sei da und warte auf jede Faust, meinte er: Ihm gehe es wie dem würdigen Herrn, der ja auch die Arbeit liebe wie der Dieb den Galgen und dennoch lebe und esse, als trüge er Tag um Tag die Fruchtsäcke von der Tenne zum Boden!

Da ging der Pfarrer zornrot zu der Bäuerin, hielt ihr das ungewaschene Maul des Sohnes vor und sagte: «Er wird Euch zur Rute, wenn Ihr ihn nicht an die Arbeit zwingt, und der Herrgott verlangt Rechenschaft darüber, so Ihr den letzten Schnapp getan habt. Bedenkt es wohl!»

Wie nun abends der Junge heimkam, fuhr ihn die Mutter an, er bringe mit seinem Maul Schande über das Haus und solle machen, daß er fortkomme, sich in der Welt umzusehen und ein Kerl zu werden, der nicht andere für sich niesen lasse, wenn er schnupfe; der Pfarrer sei erbost wie nie und habe erklärt, er stehe auf dem Weg zur Hölle; sie dulde ihn nur noch eine Nacht; dann könne er sich scheren! Der Hans nahm sich die Worte der Mutter zu Herzen und ging beim ersten Hahnenschrei aus dem Dorfe fort, dem Rheine zu und hinein in die Welt, pfiff ein Lied und dachte: Der Herrgott ist nicht so schlimm, wie der Pfarrer ihn malt; er wird mir schon helfen!

Die Sonne stieg eben durch den Nebel, der die Felder und den alten Wald hüllte. Sie vergoldete allmählich den Morgen, die breiten Fruchtbarmen zu beiden Seiten des Weges, drüben das Schloß des Grafen, am Hügelhang die weißgetünchte Kapelle, und bald blitzten und schimmerten Nähe und Ferne, daß es eine Lust war, zwischen Stoppel- und Rübenfeldern zu wandern.

Unbekümmert schritt er zu und kam bald in die große Stadt, wo der König wohnte, und er sah, daß alle Weiber auf der Straße weinten und die Männer stumm standen und die Köpfe schüttelten, die Kinder aber hinter den Fenstervorhängen ängstlich zum Himmel blickten. Er blieb stehen und fragte eine dicke Bäckersfrau, der die Tränen durch die Runzeln des Gesichtes auf den Brustlatz tropften: «Sind Euch die Brötchen mißraten oder kneten Ratten den Teig? Ihr weint ja, als sollte es ein Jahr regnen.» Die Frau erzählte schluchzend, ein Höllendrache sei durch die Luft auf das Schloß geflogen, habe des Königs Tochter von der Wiese geraubt und in die Hölle getragen, und nun wisse keiner den Weg dahin.

Auch die anderen Frauen wandten sich ihm zu, bestätigten die Worte der dicken Bäckerin und jammerten: Es sei kein Kind mehr sicher; denn das Untier lasse sich bald wieder sehen, komme vielleicht auch nachts und hole das letzte Mädchen! Dabei griffen sie den Schürzenzipfel, drückten ihn vor die Augen und heulten auf, als kreiste der Drache schon in der Luft. Die Bäckerin aber sagte: «Der König hat dem, der die Tochter aus der Hölle erlöst, das Königreich und die Hand der Tochter versprochen; aber nicht einer der Stadtburschen wagt den Weg, und es wäre doch mancher stark genug, den Drachen zu töten, damit wir wieder arbeiten, essen und schlafen könnten.»

«Wenn's weiter nichts ist», sagte Hans, «so kann Euch geholfen werden. Unser Pfarrer meinte nämlich, bevor ich von Hause ging, ich stünde auf dem Weg zur Hölle. Vielleicht gelingt mir das Stück. Dann werde ich Euer König und esse jeden Morgen die Brötchen aus Eurem Ofen, vorausgesetzt, daß sie recht knusperig sind Euer Mann nicht erst die Frau durch den Teig jagt.»

Da wischte die Bäckerin mit dem roten Sacktuch die Tränen vom Gesicht, schüttelte ihm die Hand und sprach zu den Männern hinüber: «Wir haben ihn! Kommt und seht! Er will gehen! Er tötet den Drachen!» Doch die Männer drehten verächtlich den Kopf, und der Bierbrauer, dem der Bauch dick hinter dem Lederschurz stand, rief nur: «Der Springinsfeld taugt zum Flohhatzen, nicht aber dazu, uns aus der Hölle die Königstochter zu holen und Teufel zu vertreiben. Dazu bedarf es gedienter Leute. Maul und Knotenstock genügen nicht. Je schlechter der Kerl, desto lauter die Posaune!»

Hans aber lachte an ihnen vorbei, wenn er König sei, lehre er sie schon, was es bedeute, einen Mann wie ihn zu verspotten, ging also zum Schloß, meldete sich bei dem Herrn König und sagte, er wolle, so ihm der Lohn gewiß sei, das Mädchen ten und zur Hölle gehen. Der König, dem der Bart vor allem Leid zausig hing, wiederholte das Versprechen, gab dem Jungen die Hand und wünschte ihm Glück, woraufhin sich Hans ohne viel Umstände auf den Weg machte. Die Weiber begleiteten ihn an das Stadttor, blieben stehen, bis er zwischen den gelben Pappeln der Landstraße verschwand, lustig, wie wenn er daheim einen Streich ersonnen hätte. Die Sonne begleitete ihn, und hin und wieder hielt er einen Vorübergehenden an, fragte nach dem Weg zur Hölle und lachte der Antworten, die er bekam. Ein alter Briefträger, dem die Nase schnapsrot aus dem Gesicht leuchtete, bekreuzte sich und sagte, er gehe über gute Vorsätze. Ein Radfahrer, der seine Maschine verbogen auf dem Rücken trug und humpelte, fluchte, er gehe über alte Weiber, die taub seien und an den Straßenecken ihren Klatsch hielten. Der hagere Bauer, der hinter seinem Ochsen schritt und eine braune Stummelpfeife im rechten Mundwinkel hielt, brummte, ohne die Pfeife zu bewegen, er habe ihn bei den Spielkarten gefunden. Ein Küster jedoch, der verkniffenen Blickes schritt und den Rücken beugte, seufzte: Es gebe keine Kirche, die nicht einen Altar zum Teufel habe; er solle suchen, so werde er finden: Den Weg zur Hölle leichter als den zum Himmel!

Schließlich begegnete ihm ein steinaltes Weiblein, dem zu einem kantigen Kinn die Nase spitz aus dem Kopftuch ragte. Es schaute zwar scharf um sich, war aber sonst unscheinbar, murmelte leise vor sich hin und machte geheimnisvolle Zeichen mit den Händen. Er vergaß seine Frage, wunderte sich jedoch, als das Weiblein vor ihm stehenblieb und flüsterte:

«Wo ein, wo aus, du junges Blut?
Keck schaut das Aug' und schief der Hut!»

«Ei», rief er, «ich will zur Hölle und finde den Weg nicht. Könnt Ihr mir helfen?»

Da sagte die Alte, derweil sie ein Stöcklein aus dem Brustlatz nahm:

«Der Weg ist weit. Du bist allein.
Er schafft dir Sorge und Pein.
Schau nur das Stöcklein hurtig an:

Es zeigt dir still, was keiner kann.
Die Augen auf: Dann wirst du sehn
den schwarzen Hahn, den schwarzen Bock,
das Federkleid, den Borstenrock.
Du darfst nicht fort- und weitergehn,
mußt deinem Hahn die Feder rupfen,
mußt schnell dem Bock das Bärtlein zupfen
und recht vor Freude lachen und hupfen!
Mit Feder, Borste und dem Stock
gewinnst du selbst des Teufels Rock!»

Damit gab sie ihm das Stöcklein und humpelte davon, noch ehe er danken konnte. Er wollte ihr nachlaufen, drehte sich um, konnte aber nicht weiter, weil das Stöcklein in seiner Hand so lange wippte, bis er zur anderen Seite ging und seine sonderbare Reise fortsetzte.

Als er einige Meilen geschritten war, kam er in die Nähe eines Bauernhofes, der rechts von einem Kreuzwege lag. Da hielt er das Stöcklein vor die Nase und sagte:

«Stöcklein, Stöcklein in der Hand:
Zeig mir den Weg zum Höllenland!»

Indem trat auch schon ein schwarzer Hahn aus der Hecke, die den Garten säumte, schaute den Weg hinauf und hinab und krähte so laut, daß Hans ins Niesen kam und lachte. Der Hahn schlug die Flügel, machte kehrt und wollte verschwinden, ahnte natürlich nicht, daß der Hans so schnell war. Der schnappte ihn nämlich beim Halse und raufte ihm, ob er auch zeterte, eine schwarze Schwanzfeder aus, ein prächtiges Stück, das im Sonnenschein wie bemaltes Metall schimmerte. «Die habe ich, und keiner kann sie mir nehmen», sagte der Junge, ließ das Tier fliegen und steckte, indes er weiterschritt, die Feder auf den Hut.

Wie er an dem Hofe vorbei war und sich noch einmal nach dem Hahn umschaute, flog er jählings auf die Erde. Doch er richtete sich ebenso schnell wieder auf und sah vor sich den schwarzen Bock, der die Hörner gesenkt hielt und ihn über den Haufen gestoßen hatte. «Hoppla», rief Hans, «so haben wir nicht gewettet, grünäugiger Stallminister. Kaffeebohnen kannst du drehen. Aber zum Stoßen gehören zwei.» Er sprang und griff das Tier, da es wieder bocken und losstürmen wollte, mit der einen Hand bei den Hörnern; mit der anderen aber riß er ihm die Hälfte des Bartes unter dem Kinn weg, so daß der Bock meckerte, sich losdrehte, ein paar Bohnen in den Staub streute und dem Hofe zustob.

Hans lachte hinter ihm her, suchte vom Bart die schönste Borste und barg sie mit der schwarzen Feder im Geldsack, wogegen er das Stöcklein in den Stiefel steckte und sich lustig weiter machte. Die Sonne ging unter, es wurde dunkel, und schließlich traten die Sterne durch die Wolken und kündeten ihren Frieden.

Er aber schritt unentwegt weiter und kam um Mitternacht, als sich eben der Mond den Sternen gesellte, an einen Buchenwald, den ein Tannenkranz säumte. Er nahm das Stöcklein und sagte ihm, trotz der nächtlichen Stille, unbefangen und laut sein Sprüchlein. Als er seinem Schlag folgte, mußte er bäuchlings unter den Tannen, die lebendig wurden und ihre Nadeläste nach ihm streckten, herkriechen, tat es und gewann, ob es ihn auch zwickte und zwackte, nach langer Weile die Buchen. Zwischen ihnen hätte manch einer den Mut verloren; denn zwei riesige Eulen huschten auf und hockten sich rechts und links auf die Schultern des Jungen, hielten ihm die krummen Schnäbel vor die Nase und ließen die Augen wie Kohlen brennen.

«Aha», sagte Hans, «hier kann es stimmen. Ihr seid wohl die Lampenträger der Hölle? Ich habe Freude an euch. Aber: Nehmt die Schnäbel in acht, das rate ich. Meine Nase ist von Eisen und das Stäbchen stärker als der Daumen des Teufels!» Indem wippte er das Stöcklein wider die beiden Schnäbel, woraufhin sich die Eulen verneigten, mit ihrem Nachtrufe aufstoben und vor ihm her flogen, bis er plötzlich am Höllentore stand, das schwarz, aber verschlossen unter überhängenden Bäumen ins Monddunkel ragte.

Die Eulen verschwanden. Im gleichen Augenblick zuckte jedoch ein Schlangenkopf hoch, züngelte und schlängelte wie ein Feuerhaken auf und nieder. Hans bedachte sich nicht lange, sondern klirrte das Stöcklein dreimal wider die Wand, und gleich sprang sie auf und zeigte in grünem Lichte den Wächter, einen baumlangen Kerl, dem die Haare wie Eidechsen auf das scharlachrote Wams fielen. Er trug in der Rechten einen Hammer, in der Linken aber den glühenden Schlüssel und donnerte ihn an: «Wie darfst du wagen, ans Höllentor zu klopfen? Wer wies dich an?» Dabei schwang er den Hammer, als wollte er den Jungen zermalmen und so die gestörte Ordnung wieder herstellen.

Hans aber sagte seelenruhig: Der Pfarrer schicke ihn, und außerdem könne er sich ausweisen! Damit zog er den Lederbeutel und hielt dem Riesen die Feder vom schwarzen Hahn und die Borste vom schwarzen Bock unter die Nase, voraufhin der Riese aufschnupfte und knurrte, er dürfe gehen. Da ging Hans denn hinein, hörte das Tor zuschlagen und war im Vorhof der Hölle. Den Riesen sah er nicht mehr, dafür aber drei Wege, von denen der eine nach Westen, der andere nach Süden, der dritte nach Osten lief. «Wo finde ich nun das Mädchen?» sagte er. «Der Teufel wird nicht kommen, es mir zu zeigen, so gefällig er sonst auch ist; und ob mich der Drache nicht einfach frißt, habe ich abzuwarten.» Er nahm also das Stöcklein, hielt es vor die Nase und sprach ganz leise:

«Stöcklein, Stöcklein in der Hand:
Zeig mir das Mädchen im Höllenland!»

Das Stöcklein schlug ihn so heftig auf die Nase, daß er beinahe laut geschrien hätte. Zuletzt jedoch wippte es dem mittleren Wege zu. «Das hätte ich mir denken können», lachte er in sich hinein. «Das Mädchen ist ja eine Prinzessin, und Prinzessinnen beschreiten nur die Mittelstraße des Lebens!»

Er ging dem Wege nach und kam zu einer Goldtür, in der ein grüner Diamant blitzte. Als er ihn mit dem Stöcklein berührte, rauschte die Tür langsam auf, und er sah beim Schein eines roten Kaminfeuers eine Stube, in der drei Mädchen an einem Steintische saßen und den Kopf in die Hand stützten. Sie hoben den Blick und erschraken, als sie einen Menschen, dazu noch einen Jungen mit frohem Blick, im Türspalt sahen, und sie riefen: «Wer führte dich her? Dein Tod ist gewiß!» Er aber schloß die Tür, trat näher und erwiderte: Er sei gekommen, sie aus diesem Goldverlies wieder an das Licht der Sonne zu führen; die brenne doch schöner als der beste Höllenofen und wecke Blüten, wo sie wolle. Da winkten die Mädchen, die aufgesprungen waren, mit den Händen und jammerten, er möge schweigen, sonst breche ihnen das Herz. Das eine der Mädchen, dem blondes Haar in langen Flechten über die Schulter hing, setzte hinzu: «Der Drache, der uns geholt hat, schläft zwischen uns. Noch ist er fort. Aber jeder Augenblick kann ihn bringen. Er wird dich würgen und fressen. Wir können nicht folgen. Was machen wir nur?»

Hans meinte: Zu fliehen, sei er nicht bis hierher gelaufen; er habe mehr als einmal die Faust gebraucht und fürchte auch den Drachen nicht, der ja nur geboren sei, damit er von Männern getötet werde; er bleibe also und warte.

Als die Mädchen merkten, wes Geistes der Junge war, faßten sie Mut und überlegten: «Es ist schon besser, ihn zu überlisten; wenn ihm Gefahr droht, so pfeift er, und dann kommen die Teufel mit Gabeln und Zangen, ihm zu helfen.»

Schließlich fanden sie den Ausweg: Hans solle sich am ersten Tage unter dem Bett des ersten Mädchens, das auf silbernen Stempeln stand, am zweiten unter dem des zweiten Mädchens, das Elfenbeinstützen hatte, am dritten unter dem Bett des dritten Mädchens verbergen, das von goldenen Stielen getragen wurde; dort möge er aushalten, bis das Untier verschwinde. «Am vierten Tage», schlossen die Mädchen, «fliegt der Drache, wie er gestern gesagt hat, für längere Zeit fort. Dann folgen wir dir, wohin du willst.»

Da schaute Hans in die Runde, sah die drei Betten und in der Ecke das Lager des Drachen, eine riesige Wiege aus dunkelrotem Kupfer, die zwischen zwei Eisenpfählen schaukelte, und er schlüpfte unter das erste Bett. Er lag kaum gerade und bequem zwischen seinen Silberstempeln, als auch schon der Drache hereinschnurrte, um den Tisch an das Feuer fuhr und tobte:

«Ich rieche, rieche Männerfleisch!
Den Schädel her, die Beine her:
Dann wird der Bauch mir voll und schwer!»

«Was dir nur einfällt», erwiderte das erste Mädchen, «die Fleischsuppe kochte mir über, darum riecht es so.»

Der Drache, dem die Augen grüngelb im Kopfe standen, gab sich zufrieden, sprang in seine Schaukel und huckte den plumpen Schädel zwischen die Tatzen und schnarchte schon, als die Mädchen das Ofenlicht abstellten und in ihre Betten stiegen. Hans aber hatte alles wohl gemerkt, drückte den Arm unter den Kopf und schlief bald so ruhig, wie wenn er daheim in der Scheune läge; denn er war müde geworden von der langen Wanderung, und Hunger hatte er auch; aber er schlief.

Da morgens der Drache für einige Stunden zur Erde geflogen war und Hans immer noch schlief, nahmen die Mädchen aus ihrem Bettsack einen Strohhalm, bückten sich und kitzelten ihn so lange unter der Nase, im Ohr und an den Augen, bis er wach wurde, sich dehnte und laut gähnend den Kopf reckte, aber zusammenschrak, als er ihn an die Bettkante stieß. «Wo bin ich nur?» rief er. «Mir träumte, ich säße im Birnbaum des Herrn Pfarrers bei saftigen Birnen und milder Sonne. Nun schlägt mir jemand ein Brett auf den Kopf, daß es mich kalt überläuft. Das soll er büßen!» Die Mädchen lachten leise und sprangen zurück, indes er aus dem harten Lager kroch, sich auf die Füße stellte und die Augen rieb; der Höllenofen in der Ecke brannte nämlich schon grell und rot, und sein Licht stach ihn geradezu.

Natürlich wußte er bald, wohin er geraten war, lachte mit den Mädchen und fragte spaßig, was es nun gebe: Ein Tag sei lang, und Hunger habe er, da ihm der Magen seit dem letzten Frühstück leer hänge. «Fülle ich ihn nicht», setzte er hinzu, «so verlieren meine Knochen das Fell und fallen euch in den Schoß, und damit wäre weder mir noch euch gedient.» Die Mädchen lachten: Im Vorhof der Hölle lebe man sicher so gut wie auf der Erde; der Drache sorge für alles, weshalb er sich um seine Knochen nicht unnötig zu ängstigen brauche! Sie bereiteten ein Frühstück mit Butter, Brot und Käse, mit warmer Milch und gutem Zucker, und das schmeckte ihm wie ein Kirmesmahl der Mutter.

Während sie saßen und aßen, hörten sie mitunter das Geheul der Teufel und ihrer Opfer, das aus der Hölle in die Drachenstube fiel. «Sie räumen eben auf», sagten die Mädchen; «dann ist's immer, als führen hundert Gewitter zusammen, als stürzten Berge in tiefe Täler. Wir haben uns daran gewöhnt, und der Lärm ängstigt uns nicht!» Hans aber saß vergnügt, ließ es sich gut sein und erzählte den Mädchen zu dem Gepolter Geschichten vom Teufel und meinte: Auch mit ihm werde fertig, wer auf der Hut sei, wie eine Geschichte beweise, die er von seiner Großmutter wisse.

«Es war einmal», sagte er, «eine Näherin, geschickt, wie es keine zweite gibt, soweit der Himmel blau und die Erde grün ist, aber so hochmütig, daß sie meinte, ohne ihre Nadel müßten die Frauen und Mädchen der ganzen Welt nackt laufen. Sie hatte eine spitze Nase, spindeldürre Finger, einen platten Busen und am Kinn eine Warze mit fünf langen Haaren. Eines Tages meinte sie, halb im Scherz und halb im Ernst: ‹Wenn's sein müßte, nähte ich mit dem Teufel um die Wette und gewänne sie.›»

«Um Gottes willen», riefen die Mädchen, «nenne den Namen nicht so laut, sonst meint er noch, man riefe ihm.»

Hans aber lachte und fuhr fort: «Der Schwarze, hellhörig wie er ist, ließ nicht lange auf sich warten und stand plötzlich, als sie allein in der Stube saß und eben ei-

nem weißen Brautkleide die letzten Knöpfe annähte, neben ihr. Da wollte die Näherin das Blatt wenden; aber der Teufel nahm sie beim Wort, und so wetteten sie, wer zuerst ein Frauenhemd fertig habe; gewinne der Teufel, müsse ihm die Näherin folgen, verliere er jedoch, so sei sie für immer der Hölle entronnen. Sie gaben sich gleich an die Arbeit, rollten den Leinenpacken auf, schnitten zu und waren fast gleichzeitig fertig, woraufhin sie die Nadeln nahmen und zu nähen begannen. Der Teufel, der keinen Augenblick verlieren wollte, fädelte gleich ein ganzes Zwirnknäuel ein und fing mit daumenlangen Stichen an. Da er außerdem längere Arme hat als die magerste Näherin, mußte er mit seinem Faden bei jedem Stich dreimal um das Haus laufen, und weil er vergaß, am Ende seines Knäuels einen Knoten zu drehen, lief er die ersten drei Gänge vergebens. Die Näherin aber fädelte wie sonst, vergaß den Knoten nicht und nähte ruhig, ohne aufzuschauen, bis sie fertig war, und obendrein heftete sie auch noch eine Spitze an das Börtchen. Darüber rannte der Teufel wieder von einem Lauf in die Stube, pustete und riß die grünen Augen auf, daß die Nadel der Näherin wie ein Blitzstrahl leuchtete. Sie jedoch nahm das Hemd und warf es dem Teufel in die pechkohlrabenschwarze Schnauze, daß er feuerrot wurde und gleich verschwand. Zukünftig ward die Näherin noch hochmütiger als bisher, bekam ein sechstes Barthaar und heiratete nicht, ließ sich jedoch, weil sie den Teufel besiegt hatte, fortan für jeden Stich einen Silbergroschen geben, weshalb sie reicher wurde als eine Prinzessin. Seit der Zeit – pflegte meine Großmutter zu schließen – sah keine Näherin mehr den Teufel, mochte sie auch fluchen, soviel sie wollte; er hatte an der einen genug gehabt und wollte es mit der zweiten nicht mehr versuchen.»

Die Mädchen kicherten über den dummen Teufel, aber nur leise, und Hans erzählte noch andere Geschichten, derweil sie liefen, die Stube zu ordnen. So merkten sie kaum, wie lang der Höllentag war, und erschraken, als sie plötzlich draußen das Gepolter des Drachen hörten. Aber Hans verschwand wie ein Wind unter dem zweiten Bett, kuschelte sich zwischen die Elfenbeinstützen und hörte, wie das Untier hereinstieß und schrie:

«Ich rieche, rieche Männerfleisch!
Den Schädel her, die Beine her:
Dann wird der Bauch mir voll und schwer!»

Das zweite Mädchen aber lachte: «Was dir nur einfällt! Ich habe das Kalb geschlachtet, und daher riecht es so.» Er stierte sie einen Augenblick an, tastete mit seiner Tatze über ihr Haar und gab sich zufrieden, lag also bald in der Kupferwiege und schaukelte, bis er schlief und schnarchte, daß sich die Tischplatte bog. Da kletterten auch die Mädchen in ihre Betten und schliefen mit dem Jungen, wie wenn sich die Drachenstube allmählich zum Paradies wandle.

Als morgens das Untier wieder fort war und Hans zwischen den Mädchen saß, von denen ihm eines schöner als das andere schien, baten sie ihn abermals um seine Geschichten, und er begann: «Vor nicht langer Zeit – so erzählte der Bruder meines Vaters, mein Ohm, bevor er mich abends auf den Schultern ins Bett trug – lebte in unserem Dorfe der Peter Rübenfrosch, ein Kerl, der dümmer als eine Geiß, aber stark wie ein Bär war und von seiner Frau ab und zu in die Stadt auf den Markt geschickt wurde. Da mußte er einmal hin, die Kuh zu verhandeln, die am Pflug bockte, aber täglich zwölf Maß Milch gab. ‹Sorge nur, daß du dich von keinem Maulmacher beschwätzen läßt›, sage die Gret, seine Frau. ‹Das Tier ist gut zweihundert Taler wert und geht nicht drunter fort.› Peter Rübenfrosch knüpfte also das rote Halstuch, zog die Klappenmütze über die Ohren, nahm den Eichenstock und machte sich mit seiner Kuh auf den Weg. Wie er so daherging und bedächtig den Rauch aus der Pfeife stieß, begegnete ihm der Teufel in Gestalt eines Juden und meinte: Wer kaufe, habe hundert Augen nötig, wer verkaufe, nur eines; die Kuh lahme und sei schlecht gepflegt, mit zwanzig Talern aber mehr als bezahlt. ‹Du scheinst aus Mausedreck Pfeffer zu machen›, knurrte der Peter, ohne die Pfeife aus den Zähnen zu nehmen. ‹Was schert dich meine Kuh? Von einem Maulmacher lasse ich mich nicht beschwatzen. Das meint die Gret auch.› Da wußte der Teufel, wer neben ihm ging, pfiff durch die Nase und machte sich fort, vor dem Peter auf dem Markte zu sein. Der hatte keine Eile, ging seinen Trott und dachte: ‹Den ersten bist du los. Mit den anderen wirst du auch fertig, und diesmal soll die Gret keine Ursache haben, zu schimpfen.› Als er schließlich ankam, war der Handel in vollem Gange. Die Juden feilschten, und die Bauern standen verkniffenen Blickes und überlegten, wogegen die Kühe verwundert zwar, aber doch ergeben an ihrem Strick in die Runde schauten und nicht ahnten, um was es ging. Hier und da geriet der Handel, weshalb der Handschlag klatschte, Handgeld rollte, die Peitschen knallten und das Vieh abgetrieben wurde. Als der Peter Rübenfrosch mit seiner Kuh in der Reihe stand, drehten sich die Händler nach ihm um und kamen auch wohl, auf das Tier zu bieten. Aber es war, wie wenn sie sich untereinander geeinigt hätten: Jeder sagte, das Vieh lahme, sei schlecht gepflegt und mit zwanzig Talern überbezahlt. Dabei hingen ihnen die Lippen nachlässig bis fast zum Kinn, so daß der Peter Rübenfrosch dachte: Wer wohl das beste Maul mache! Er konnte keinem den Preis zuerkennen, band also die Kuh los und zog sie vom Markte fort, heim zu. Am Stadttore traf er noch einmal den Juden, der ihm morgens begegnet war und nun wieder bei ihm stehenblieb. Geld mache aus Sauer Süß und heile dem Lahmen die Füß', sagte er; dreißig Taler biete er nun, damit er nicht ohne Geld fortgehe und die Gret sich ein neues Kopftuch kaufen könne! Ein Maulmacher bleibe ein Maulmacher, erwiderte Peter, sei es morgens so gut wie mittags; und deshalb bekomme er sie nicht! Da zischelte der Jude höhnisch zwischen den Zähnen: Vielleicht kaufe ihm der Heilige, der ihm begegne, das Vieh ab, er möge es nicht! Woraufhin er verschwand und Peter vor seiner Kuh durch die Felder schlurfte. Nach einer Weile erreichte er zwischen Grillengesang und Lerchenschlag das Heiligenhäuschen, in dem Sankt Anton mit dem Schwein stand und ihn treuherzig anschaute. Da kam ihm der Gedanke, dem Heiligen, der so lange mit dem Schwein stehe und den Handel kennen müsse, das Tier anzubieten, wie es der Jude gemeint habe, zog also die Kuh mit den Hörnern vor den steinernen Sockel und begann zu handeln. Er verlangte einhundert Taler und sagte, die Kuh gebe ihre zwölf Maß Milch und sei mäßig im Futter, auch sauber gewöhnt, so daß sie im Himmel wohl bestehen könne. Sankt Anton blieb stumm, sah aber immerfort treuherzig dem Peter Rübenfrosch in die Augen, weshalb der meinte: ‹Du bist kein Maulmacher und bekommst die Kuh. Für die Taler ist mir nicht bange.› Er band also das Tier an den Sockel, schlug ein Kreuz aus Dankbarkeit über den Handel mit dem, der kein Maulmacher sei, und machte sich heim. Wie er der Gret den Handel erzählt hatte, fuhr die auf, schimpfte und polterte, daß die Leute auf der Gasse stehenblieben und die Ohren spitzten. Sie schüttelte ihn an den Schultern und rief: Er sei zu dumm zu sterben und solle sich fortmachen, die Kuh zu holen; in dem Juden schaue sie den Teufel, und Sankt Anton tauge nicht viel, wenn er auch im Heiligenhäuschen stehe! Der Peter wollte zwar erst noch einen Topf Sauermilch trinken und ein Weckbrot essen; aber da hättet ihr die Gret sehen sollen! So nahm er denn die Beine unter die Arme und machte, daß er fortkam, vergaß jedoch nicht, als er mit scheuem Blick an der wütenden Gret vorbei zur Tür hinaussprang, den Stock, den er schon in die Ecke gestellt hatte, zu greifen und mit ins Feld zu nehmen. Die Kuh war natürlich nicht mehr da und Peters Leid groß, und er kniete vor dem stummen Heiligen und begann zu beten und zu klagen, machte ihm Vorwürfe und flehte ihn um ein Wort an. Sankt Anton aber schwieg wie ein Fisch und sah nur immerfort treuherzig über das Schwein zu dem knienden Peter nieder. Da wurde der Peter Rübenfrosch, der sonst ein Lamm war, krebsrot vor Zorn, sprang auf und begann den Heiligen mit dem Knotenstock zu schlagen. Zuerst hieb er ihm den Heiligenschein herunter, der von Blech, aber vergoldet war und höchstens dem Lumpenkrämer etwas gegolten hätte. Dann machte er sich an den Kopf, und als der auseinanderklirrte – was meint ihr wohl: fiel eine Menge Geld heraus. Es waren zwar nur Kupferpfennige, die fromme Leute und Kinder dem Heiligen zu schenken pflegen, wenn sie, wie das bei uns daheim Sitte ist, vorüberkommen, eine Weile vor dem Häuschen stehen und beten. Doch der Peter nahm sie und schlich, als es ganz dunkel wurde, heim und wäre lieber nicht verheiratet gewesen. Die Gret war – das wußte er – nicht schlafen gegangen und erwartete ihn bei einer Öllampe, hielt beide Arme in die Hüften gestemmt, starrte zur Tür und sagte kein Wort, als er aufmachte, den Stock in die Ecke, die Mütze mit den Pfennigen aber auf den Tisch setzte. Doch unverhofft kommt oft. So ging es auch jetzt: Als nämlich die Gret mit ihren dicken Fingern nachzählte, waren aus den Pfennigen Taler geworden, und keiner wurde froher als der Peter. Er bekam die saure Milch und durfte neben der Gret im Bett schlafen; denn nun konnten sie zwei Kühe kaufen, und Sankt Anton war stärker gewesen als der Teufel.»

«Du bist ein Spaßvogel», sagten die Mädchen; «und gegen frohe Menschen ist die Hölle machtlos.» Hans wurde noch übermütiger als am ersten Tag, lachte laut, schlug in die Hände und dachte: Es wäre doch schön, wenn plötzlich ein Teufel hereinschösse; schlimmer als der Drache könne er nicht wüten, und der sei ein Tölpel!

Doch es kam kein Teufel; denn die Hölle hielt Kirmes, weil sie drei schlimme Burschen gewonnen hatte, einen Postenjäger, einen Verleumder und einen Windhund, vor dem kein Mädchen im Lande sicher gewesen war. Da konnte keiner abkommen, und Hans hörte ein Gejohle, wie wenn die Tiefen der Erde ihre tollsten Lieder verschwendeten.

Hans erzählte also weiter, und die Mädchen lachten in einer Stunde mehr als sonst in drei Wochen. Bevor der Drache erschien, gab er ihnen ein Rätsel auf und fragte: Wer höher springen könne als ein Kirchturm? Die Mädchen stützten den

Kopf und dachten lange nach, konnten aber die Antwort nicht finden, worauf Hans herausplatzte: «Jeder: Ein Kirchturm springt nicht, wenigstens tut es der unsere nicht; denn wir haben einen strengen Pfarrer.» Da schlugen die Mädchen scherzhaft nach ihm, vergaßen die Hölle und wollten ihn mit einer Seidenschnur anbinden. Er aber entwischte unter das dritte Bett – er wußte, daß die Stunde des Drachen schlug – und fragte: Wer den Unterschied kenne zwischen einem Weihnachtsbaum und einem Wickelkind? Sie standen wieder und sannen, stampften den Fuß auf und konnten die Lösung nicht finden. Er steckte den Kopf zwischen den Goldstempeln heraus und kicherte: «Den Weihnachtsbaum putzt man vor und das Wickelkind nach der Bescherung.»

Es war ein Glück, daß darüber der Drache hereinpolterte; denn die Mädchen wurden rot bis hinter die Ohren und mußten doch lachen, fuhren aber vor dem Untier zurück und verstummten, als es wieder schrie:

«Ich rieche, rieche Männerfleisch!
Den Schädel her, die Beine her:
Dann wird der Bauch mir voll und schwer!»

«Ach», sagte das dritte Mädchen, das er am liebsten hatte, «was dir nicht für Tollheiten einfallen! Der Hahn ärgerte mich, und da mußte ich ihm den Kopf abschlagen. Er hängt nun und wartet auf den Brattopf. Deine Nase scheint nicht mehr zu stimmen!»

Der Drache gab sich auch diesmal zufrieden, sprang jedoch schon nach vier Stunden wieder von seiner Wiege und schrie: Er müsse für drei Tage fort; irgendwo säßen die Menschen zusammen und wollten ewigen Frieden schließen; ihm habe geträumt, es gelinge; das aber gehe nicht: dann stünde die Hölle bald leer.

Die Mädchen schliefen noch und hörten seine Worte nicht, wogegen Hans sie verstand und aufsprang, sobald er hinausgestoßen war. Er weckte die Mädchen und rief: Nun sei es Zeit; die Sonne dränge, und da müsse man dem Teufel die Herberge künden, sonst gelinge es ihm leicht, Blut und Geist für ewige Zeiten zu verpflichten!

Sie waren schnell fertig, steckten das Haar auf und fragten, wie es möglich sei, durch das große Tor zu kommen, das den grausigen Wächter habe? Hans lachte: «Das ist meine Sorge. Frauen sollen nicht fragen, sondern folgen, wenn der Mann sie führt. Tut also, was ich sage, und fürchtet euch nicht, was uns auch begegnet!»

Er öffnete mit dem Stöcklein die goldene Tür, trat in den breiten Gang und sah an den Wänden grüne Ampeln, die seltsame Lichtstrahlen warfen. Die Mädchen folgten schüchtern, eins hinter dem andern. Er aber hielt in der Rechten das Stöcklein, in der Linken die Feder des schwarzen Hahnes und die Borste des schwarzen Bockes und schritt ruhig den Gang hinunter. Als er an den Platz kam, von dem die drei Wege ausgingen, huschten zwei Teufel, die einen Bauer gepackt hatten, den dritten Weg hinein. Der Bauer, dem der Bauch im Leichenhemd hin und her schlug – er hatte im großen Kriege mit Schinken und Würsten gewuchert und dazu Kuchen aus weißem Mehl gegessen –, schrie zwar erbärmlich genug; aber die Teufel hieben ihm die Fingerkrallen ins Fleisch, und so konnte er nicht mehr entrinnen.

Hans blieb stehen, dem Dreigespann nachzuschauen und es den Mädchen, die noch nicht soweit waren wie er, zu zeigen. «Das ist wohl einer, der die Rüben für sich säte und nicht für die anderen», sagte er, und als er eben noch in dem dunklen Gang die Schwänze der beiden Teufel auf- und abwippen sah, schlug ihn das Stöcklein so heftig auf die Nase, daß er zurückfuhr und beinahe der Prinzessin, die zuerst ging, in die Arme gefallen wäre. Die Mädchen schrien auf, weil sie meinten, der Drache sei unterwegs und wolle ihn greifen. Er jedoch faßte sich schnell, winkte ihnen zu schweigen und folgte dem Stöcklein.

Dem Wächter, der ihn wiedererkannte, hielt er Feder und Borste unter die Nase, woraufhin ihn abermals ein gewaltiges Niesen erschütterte und das Höllentor aufsprang. Der Riese aber verbeugte sich derart tief, daß sein Eidechsenhaar auf den Boden fuhr und auch die Mädchen ungehindert hinaustreten konnten.

Während sich das Tor zudrehte und verschwand, sie aber die Hände vor die Augen hielten, da die Sonne aufging und blendete, jagte eine silberne Kutsche mit zwei Rappen heran und hielt vor ihnen. Hans bedachte sich nicht lange, sprang auf den Bock und griff den goldenen Zügel und rief den Mädchen zu, in die Kutsche zu steigen: Jeder Augenblick sei hier wie überall wichtig und könne sie töten!

Sie folgten, rafften die Kleider zusammen und saßen bald fest in den Polstern der Kutsche, freuten sich ihres Lebens und meinten, nur wer in der Hölle gewesen sei, könne wissen, wie gut Sonne tue. Indem zogen die Rappen an, und sie rasten dahin wie der Wind, derweil Hans das Stöcklein im Stiefel, Borste und Feder im Geldbeutel und den Zügel mit beiden Händen hielt, als wäre er zeit seines Lebens Kutscher beim Grafen von Habenichts und Tunichtgut gewesen. Nach einer Weile erwachten die Zaunkönige, Finken und Meisen, auch Häher und Elstern, und die Mädchen vergaßen alle Furcht. Sie freuten sich der schnellen Fahrt, sahen, wie Eichhörnchen durch die Äste schwangen, Kaninchen verschwanden und Rehe aufsprangen, und hörten die Buntspechte klopfen, als hämmerten irgendwo die Schreiner der Zwerge.

Als dann der bunte Wald sich lichtete und vor ihren Blicken das Feld erschien, rasten die Rappen noch schneller, warfen Schaumflocken vom Gebiß in den Staub und flogen schließlich wie Blitze. Plötzlich aber standen und bäumten sie sich; denn vor ihnen hielt mit gesenkten Hörnern der schwarze Bock und meckerte:

«Bart vermißt die Borste!
Hörner stoßen nieder:
Gib die Borste wieder!»

Die Mädchen waren von dem Stoße zusammengefahren und lagen geduckt im Wagen, hörten wohl die Meckerstimme, wagten jedoch keinen Blick über den Rand. Hans riß dagegen den Beutel aus dem Hosensack und warf dem Bock die Borste zu, worauf der zur Seite sprang und die Rappen wieder in gestreckten Galopp fielen.

Vorsichtig rückten die Mädchen in ihre Polster zurück, sahen, wie rechts und links die Felder und über ihnen blaue und weiße Wolken flogen, und hielten sich ängstlich bei der Hand; denn der Wagen schaukelte hin und her. Schon glaubten sie, die Fahrt gehe ohne Hindernis weiter: Da schüttelte sie ein neuer Stoß, nach dem die Tiere abermals standen und sich bäumten. Der schwarze Hahn war gekommen und flog den Rappen um die Köpfe, gackerte und schrie:

«Schwanz vermißt die Feder!
Schnabel hackt dich nieder.
Gib die Feder wieder!»

Hans warf ihm natürlich die Feder hin, und sie flog von selbst in den Schwanz, so daß der Hahn verschwand und die Rappen wieder anzogen. Aber die Mädchen griffen sich in die Arme, verloren die Lust an der Fahrt und riefen, er möge warten, sie fürchteten den Tod! Hans aber schrie zurück: Wer der Hölle entrinnen wolle, dürfe vor nichts erschrecken und müsse bis zum Letzten aushalten, sonst treffe ihn nachher das Unglück doppelt und dreifach.

Da saßen sie, fest aneinandergekrampft, und warteten der kommenden Dinge. Doch diesmal glitt der Wagen eine lange Weile ruhig durch den Staub der Landstraße. Die braunen und gelben Blätter ihrer Pappeln wirbelten lustig um die Rappen, und allmählich tauchten die Umrisse der Stadt auf, so daß die Prinzessin, die sie erkannte, froh wurde und den Mädchen von ihrem Vater, dem König, und seinem Schloß erzählte, das weit und geräumig sei und Schätze aller Welt berge. Indem trat das alte Weiblein vor die Rappen, und wieder gab es einen Ruck, weil die Tiere sich bäumten und mit den Vorderhufen schlugen.

«Stöcklein fehlt der Alten.
Stöcklein muß sie halten.
Gib das Stöcklein wieder,
oder Rappe schlägt dich nieder.»

So drohte die Alte mit dürrem Finger, und Hans, der die machtvollen Dinge der Hölle gerne wieder verlor, griff das Stöcklein und warf es ihr zu. Sofort waren die Rappen ruhig, die Alte verschwand, und Hans ließ die Tiere in schmuckem Trabe der Stadt zulaufen. Die Sonne blitzte im Goldzügel, und hellauf wieherten die Pferde, als sie den Wächter am Stadttore erblickten.

Der aber stieß, da er den silbernen Wagen sah und die Prinzessin erkannte, fröhlich ins Horn und blies den Königsruf. Er klang so schön, daß die dicke Bäckersfrau, die eben einen Kuchen aus der Backstube trug, den Teller fallenließ und auf die Straße stürzte, sich aber wunderte, wie dort schon Leute in den Fenstern hingen und an den Türen standen, sie also nicht die erste war.

Indem trabte Hans mit den Mädchen vorüber, grüßte gelassen und sah nur, daß die Bäckerin das Maul aufriß und vergaß, es wieder zuzuklappen. Die anderen Frauen, die Männer und Kinder jubelten, und das Horn des Wächters blies immer: «Die Prinzessin ist da! Die Prinzessin soll leben!» Den alten König lockte der Lärm vom Schlosse an das Tor, vor dem eben der silberne Wagen hielt. Er lief und erkannte den Hans, rief und sah seine Tochter, und frohen Blickes sprang sie vom Trittbrett in seine Arme.

Nun merkte auch Hans, wer die Prinzessin sei; denn er hatte nicht fragen wollen, kam vom Bock und half den beiden Mädchen, die nicht wußten, was sie tun sollten, aus der Kutsche, und gleich zogen die Rappen an und fuhren mit der Kutsche den Weg, den sie gekommen waren, zurück, und niemand hätte sie aufhalten können. Der König aber gab dem Burschen und allen Mädchen die Hand, führte sie in das Schloß und hielt sein Versprechen.

Da gab es denn mitten im Gilbhart eine Hochzeit mit großer Tafel, mit Fahnen, Kränzen und festlicher Musik, die vom Schloß aus durch das ganze Königreich lief. Ein Kutscher fuhr mit dem königlichen Wagen und holte die Mutter des Hans und den Herrn Pfarrer. Er solle kommen, ließ Hans ihm sagen, und sehen, daß auch der Weg zur Hölle in den Himmel führen könne, und dazu wolle er von dem getraut sein, der ihn getauft habe; das halte besser fürs Leben! Der Pfarrer freute sich der Worte, tat ihm den Willen und hielt die Trauung, und in allen Kirchen des Landes läuteten derweil die Glocken, brannten Kerzen und spielten die Orgeln.

Hans aber wurde König und aß jeden Morgen die Brötchen der dicken Bäckersfrau. Die zwei Mädchen, die sich nicht mehr erinnerten, woher der Drache sie geholt hatte, blieben bei dem jungen Paare im Schloß. Sie sind noch zu heiraten. Wer hingeht, sie findet und es recht anstellt, kann sie haben und wird glücklich sein, weil ein Mensch, der die Not der Hölle kennt, besser für das Leben zu brauchen ist als einer, der nur den Himmel gesehen hat. Außerdem gibt es, seitdem der Hans König ist, in seinem Lande kein Leid mehr, weshalb ich am liebsten heute noch hinginge und dich gleich mitnähme.

Neblung

(November)

Ob auch der Neblung düster droht:
Das Feuer brennt und zwingt die Not.

Das Licht im Totenmond

Vor Zeiten lebte in einem Dorfe der Eifel ein Bauer, dem sieben Jahre hintereinander die Ernte verhagelte und das Jungvieh starb, wenn er es zwei, drei Monate gefüttert hatte. Da ließ er schließlich, als er im letzten der sieben unfruchtbaren Jahre sah, daß auch sein Kartoffelacker nur geringen Ertrag brachte, den Kopf hängen, obwohl er sonst ein Kerl war, dem die Arbeit der beste Schlaftrunk und das Jahr ein Wunder Gottes blieb. Er ging am Allerseelenabend, weil er nicht aus noch ein wußte und mit keinem Menschen sprechen mochte, von einer seltenen Unruhe getrieben aus dem Hofe, ohne seiner Frau und den Kindern ein Wort des Abschiedes zu sagen.

Der Totenmond hatte die grauen Wolken vorgezogen, und kein Stern schien, derweil er hinter den Lohhecken des Dorfes bergan stieg und vor sich hin sann: Nun brenne im Kirchhof das Licht auf den Gräbern der Ahnen, und sie schliefen in ewigem Frieden; er aber, der Enkel, könne sich, seitdem ihn jedes Jahr das gleiche Mißgeschick treffe, auf dem Hofe nicht halten; er wolle zum Hochwald, vielleicht finde er da Hilfe, und wenn er nicht heimkehre, sei es auch gut; schlechter als jetzt könne es seiner Frau und den Kindern nicht gehen.

Er rechnete, während sein Fuß durch das welke Laub strich und er nicht wußte, wohin ihn der dunkle Weg führte, hinauf und hinab; denn der Martinstag war nicht mehr weit, und mit ihm mußte er Zinsen zahlen und die erste «Stäg» des geliehenen Geldes, und woher sollte er es bei so schlechter Ernte nehmen? Er merkte kaum, wie stark er stieg, daß er bald die Haselbüsche und die dünnen Birken verließ und schon durch die Fichten schritt, die ihre Zweige über den Weg streckten und seine Mütze streiften.

Nein, sagte er in das Dunkel, es gehe nicht; die Bläß lahme und die beiden Ochsen glotzten müde und hungrig; es fehle noch, daß ihm der Fuchs oder das Wiesel in den Hühnerstall breche; dann krähe ihm nicht einmal mehr ein Hahn auf dem Mist, und wer vorübergehe, lache.

Als er eine Stunde und mehr unterwegs war, kam er an die Lichtung, von der sieben Waldpfade ausgingen, und er faßte den Stecken, auf den er sich stütze, fester, weil es im Dorfe hieß, an den Sieben Wegen lungere der Teufel.

«Mag kommen, was will», murmelte der Bauer; «wenn ich auch arm bin: schnappen soll mich keiner, sicher der Schwarze nicht, der hier lauert.»

Da stand plötzlich ein Wanderer vor ihm, ein hoher Mann, der einen Sturmmantel trug, einen breiten Schlapphut und einen Stab, und der Wind spielte in seinem Bart, indes sein Blick leuchtete, als hinge eine Lampe im Dunkel der Fichten.

«Erschrick nicht», sagte der Wanderer. «Ich kenne deinen Kummer und will dir helfen, wenn du dem folgst, was ich dir sage.»

Der Bauer wunderte sich zwar, blieb aber an dem Eichenstecken stehen und fragte den Wanderer nach seinem Begehr, woraufhin der, sich zu ihm niederbeugend – er war zwei Ellen höher als der Bauer –, erwiderte: «Jeder Tag deines Lebens ist ein Blatt deiner Geschichte, das Testament der Verstorbenen Spiegel der Lebenden. Auf die Wurzel kommt es an, nicht auf die Blüte, und der Pflug in der Erde nützt wenig, wenn nicht ein anderer das Werde spricht. Auch nach der schlechtesten Ernte muss man wieder säen.»

Da fuhr der Bauer auf, mit Sprüchen sei ihm nicht gedient; die habe er selbst zur Hand; wenn er nichts anderes wisse, möge er ihn ziehen lassen und sich nicht um ungelegte Eier kümmern.

Das sprach er laut und hart, und die Worte hallten durch das Dunkel und weckten den Bergen ein hohles Echo.

Doch der Wanderer blieb ruhig und fuhr fort: «Der schmale von den Sieben Wegen führt über drei Berge und durch drei Täler zu einer Höhle, darin man dir sagt, was zu tun ist; gehe hin, drei Nächte hinauf, drei Tage hinab und kehre nach diesen Tagen und Nächten über deinen Pfad zurück; aber sei still und wandere, was auch geschehen mag; der Pfad ist schmal, und die Toten helfen dir leben. Hier hast du Brot für den Weg. In den Tälern darfst du ruhen, auf dem Hinwege über Tag, wenn du heimkommst, nachts.»

Im gleichen Augenblick verschwand der Wanderer, und der Bauer stand allein auf der Lichtung zwischen den Fichten, dem verhangenen Himmel und der Bergstille, durch die, wie er jetzt erst merkte, hin und wieder ein herber Windstoß fuhr. Er hielt ein Stück Brot, das ihm der Wanderer gegeben hatte, in der Linken und bedachte die Worte von Wurzel und Blüte und das nächtliche Gebot, nach dem man selbst nach der schlechtesten Ernte wieder sähen müsse.

«Wunderlich», sagte er, «als ob ich das nicht wüßte! Und doch war in dem Worte des Alten ein Klang, der mich zwingt, seinem Auftrage zu folgen.»

Also tastete er mit dem Stecken die Wege so lange ab, bis er den schmalsten Pfad gefunden hatte, barg das Brot in der Tasche und ging, immer noch bergan, und die Fichten zu beiden Seiten wurden höher und höher.

Es mochte gegen Mitternacht sein: Da kam er auf dem höchsten Punkte des ersten Berges an, einer kahlen Felsplatte, über die der Wind fegte. Der Mond war blaß durch die Schleier der Wolken getreten, so daß der Bauer die Fläche übersehen konnte und eine Gruppe von Krüppelkiefern entdeckte, an denen er vorbei mußte.

Als er in ihre Höhe kam, erhob sich über ihm ein tolles Gepfeife, so daß er zusammenschrak, aber weiter ging. Im gleichen Augenblick saßen zwischen den Kiefern zwei Männer, die auf einem breiten Stein Karten spielten. Sie trugen Eifeler Kappen und Kittel und hatten lange Bärte, warfen die Karten in ziemlichem Eifer und brummten unverständliche Worte.

Der Bauer erkannte, näher zusehend, zwei Nachbarn, die schon lange tot waren und ihr Hab und Gut verkartet hatten. Er wollte sie ansprechen: Da fiel ihm die Mahnung des Wanderers ein, nach der er still sein und wandern solle, was ihm auch begegne, und er schritt zu, vorbei an den Kiefern. Indem sprangen die Kartbrüder auf, schmissen ihr Spiel hin und schossen auf ihn zu, dergestalt, daß dem Bauer das Herz lauter schlug; denn sie blickten ihn mit gluhen Augen an.

Wer den Schritt an ihr Spiel wage, riefen sie hohl, der müsse zahlen oder sterben.

Da der Bauer jedoch stumm blieb und sich nicht aufhalten ließ, johlten sie, und das Gepfeife in den Lüften klang bedrohlich genug. Sie tanzten um den Schreitenden, zupften ihn hier und zupften ihn dort, schlugen auf seine Mütze und griffen nach seinem Stecken. Er aber ging seinen Weg, und da sie merkten, wie wenig sie über ihn vermochten, brachen sie vor ihm ins Knie, reckten die Arme gespenstig und stöhnten: «Gehe nicht weiter: Hilf uns, dann sind wir erlöst. Der Pfad, den du schreitest, führt in den Abgrund. Unten zerschellst du.»

Doch der Bauer verhielt auch jetzt nicht und kam auf dem Pfade endlich an den jenseitigen Wald, der bergab fiel. Während er hineinbog, fegten die Kerle vorüber, wandten sich plötzlich zurück, prallten vor ihn und umklammerten seinen Hals;

aber er blieb keinen Schritt stehen, schüttelte sie von sich und stieg bergab: Da verstummte das Gepfeife, und der Spuk war verschwunden.

Der Bauer wischte sich den Schweiß von der Stirn: Trotz dem nächtlichen Winde war es ihm warm geworden. «Den ersten Berg habe ich hinter mir», sagte er zu sich selbst, «und die Kartbrüder konnten mir nichts anhaben. Sie werden weiter spielen müssen. Ich merke: Der Totenmond ist da, und die Verstorbenen gehen um, die keine Ruhe finden können. Wer weiß, wen ich noch sehe. Ich will auf der Hut sein.»

Gegen Morgen kam er, ohne wieder belästigt zu werden, in ein Tal, das er nicht kannte, fand eine Viehhütte, schritt hinein und legte sich, als er von dem Brot des Wanderers gegessen hatte, hin und schlief, da er todmüde war, bald ein.

Erst am Abend wachte er auf. Er rieb die Augen und merkte allmählich, wo er war, erhob sich und fand den schmalen Pfad wieder. Langsam griff er nach dem Brot in der Tasche, wunderte sich, daß es nicht abgenommen hatte, biß zu und ging, als er gesättigt war, an seinem Stecken dem Pfade nach in den Abend, der bald stichdunkel stand. Er wanderte allmählich wieder bergan, durch einen Buchenschlag, dann zwischen Eichen her, und zuletzt abermals durch Fichten, die wie Fürsten der Nacht aufragten und den Berg bewachten. Kein Windzug wehte, und kein Laut störte. Da auch der Mond ausblieb, packte den Bauer doch eine gewisse Furcht, und er begann zu wünschen, es möge irgend etwas geschehen: Diese Stille auf ansteigendem Waldwege sei unerträglich.

Aber erst nach Stunden erfüllte sich sein Wunsch. Als er nämlich gegen Mitternacht die Höhe des Berges erreichte und der Wald aufhörte, kam über die Kuppe eine schrecklich lange Prozession auf ihn zu. Es waren Kinder, Frauen und Männer in Totenmänteln, und alle trugen Kerzen in der Hand und beteten dumpf und schwer. Fast wäre er stehen geblieben, so erschreckte ihn der Lichterzug: Da erinnerte er sich an das Wort des Wanderers, faßte den Stecken fester und ging seinen Pfad entlang. Je näher der Zug kam, um so deutlicher wurde sein Gemurmel, das im Gleichtakt der Schritte zum schwarzen Himmel schwebte und also lautete:

«Das Leben ist Irrlicht,
ein Windstoß der Tod.
O lebten wir wieder:
Wir litten nicht Not!»

Es wiederholte sich unzählige Male, und als der Bauer mit der Spitze der Prozession zusammentraf, schlug sie einen Bogen und kreiste ihn langsam ein. Die Kerzen schwelten, und die Worte hingen als dumpfer Chor über der Kuppe. Doch er ging ruhig und stumm, ob ihm auch das Herz klopfte, spähte und versuchte in dem flakkernden Lichte ein Gesicht zu erkennen, was ihm jedoch nicht gelang, wiewohl er scharf zublickte.

Die Prozession der Abgeschiedenen geleitete ihn über die Kuppe des Berges, fast eine Stunde lang, und als er in die Nähe des jenseitigen Waldes kam, bewegte sich einer der Toten mit seinem Licht auf ihn zu und sang, ohne ihn anzuschauen:

«Dies sah ich inmitten der Nacht:
Ein Zeisig pickte den Zapfen der Tanne.
Da fiel ein Sämlein zur Erden.

O Wunder: Das Körnchen wird sprießen und wachsen,
wird Bäumchen, dann Baum.
Ich sehe ihn ragen, düster und hoch:

O Wunder und Traum,
du heiliges Werden
im Walde!

Dann kommen die Fäller
mit blitzblanker Axt und schlagen ihn nieder.

Ein Schreiner zimmert aus Brettern
ein Särglein, drei Schuh in die Länge,
ganz schmal für ein unschuldig Kind.

O Wunder und Traum,
o heiliges Werden
im Walde!

Der Tod nimmt das Kindlein
und legt es ins Särglein.
Und wenn es geschieht,
singen die Vögel das selige Lied:
Dann bin ich erlöst
und finde Ruhe im Grabe.
Nun stehe und sinne am Stabe.
Ich sah es inmitten der Nacht:
Der Tod ist des Lebens gewaltigste Macht!»

Aber der Bauer blieb nicht stehen, sondern ging schweigend weiter, indes der Chor noch einmal sang:

«Das Leben ist Irrlicht,
ein Windstoß der Tod.
O lebten wir wieder:
Wir litten nicht Not!»

Dann verschwand er, und der Bauer stand zwischen den ersten Bäumen des Waldes, der zu Tal stieg, verschnaufte und dachte: «So wäre auch die zweite Kuppe überstanden, und ich will hinab, zu sehen, ob ich wieder eine Hütte für den Tag finde. Wenn es nicht schlimmer kommt, läßt sich der Auftrag des Wanderers wohl erfüllen.»

Morgens kam er ins Tal und fand auch, nicht weit von dem Bach, der hindurch lief, eine Viehhütte, tat wie am ersten Morgen und schlief ruhig bis zum Abend.

Da sein Brot nicht abnahm, konnte er den Weg neugestärkt fortsetzen. Doch diesmal trieb ein wirrer Wind Regen auf, und während er auf dem schmalen Pfade bergan stieg, zischte das Wetter bald so toll durch die Kronen der Bäume, daß er Mühe hatte, sich an seinem Stecken zu halten. Äste brachen und knackten, und es war, als stürzte ihm durch die Gipfel das wilde Heer entgegen. Er keuchte bergan, kam auch glücklich auf die Höhe und stand mit einem Male vor einem alten Galgen, der sich am Waldrande erhob. Indem hörte das Unwetter auf, und aus gespenstig jagenden Wolken trat der Mond und warf Licht über die Hochfläche, die ein paar Bäume, Birken und Kiefern, eine Eiche und Ginsterbüsche wies.

Während er rüstig schritt und in die Runde blickte, stieg aus dem Hügel unter dem Galgen ein Totengerippe auf, das zu tanzen begann und ihm den Weg verlegen wollte. Es sprang immerzu vor ihm her, drei Schritte rückwärts, zwei vorwärts über den schmalen Pfad, und dem Bauer war es, als hörte er es rufen: «Meng orm Sil, meng orm Sil!»

Da fiel ihm ein, daß sich in einem Dorfe der Nachbarschaft ein Bursche an einem Galgen erhängt hatte, ein Pflänzchen, das ganze Nächte außer dem Hause geblieben und seinen Eltern der Nagel zum Sarge geworden war, und von ihm hieß es, er jage im Totenmond als Gespenst über die Eifelhöhen.

Als das Gerippe merkte, daß der Bauer sich nicht fürchtete, wurde es zudringlicher und begann wie ein Stier zu brüllen. Im gleichen Augenblick fegten von verschiedenen Seiten drei Wölfe an und heulten mit, und als sie näher kamen, wurden sie so groß wie Pferde. Das Gerippe tanzte immerzu, drei Schritte vorwärts und zwei zurück, und die Wölfe wuchsen noch stärker und waren schließlich so groß wie Heuwagen.

Dem Bauer tropfte nun doch das Wasser von der Stirn, und er wäre gern zurückgelaufen; aber das Wort des Wanderers schenkte ihm die Kraft, stumm und straff durch das Grausen zu schreiten. Als das Gerippe dicht bei ihm war und wieder jammerte «Meng orm Sil, meng orm Sil!» erreichte er das Ende der Hochfläche und mit ihm den jenseitigen Wald, der talwärts führte.

Da hatte er auch die dritte Probe bestanden, und das Gerippe verschwand mit den Wölfen, so daß er nun ruhig schreiten konnte. Der schmale Pfad bog nach einer Weile seitlich und führte zu einer Höhle, die im Hang des Berges lag und ihn düster anblickte. Während er, dem Pfade folgend, hineinschritt, schimmerte in der Ferne ein Licht auf, und da er näher kam, weitete sich die Höhle zu einem Saal, in dem eine Ampel hing und das Geäder der Wände anstrahlte. Auf dem schwarzen Marmorsessel aber, der da stand, saß ein Ritter, ein freier und edler Mann, gelassen in der Haltung, leidenschaftlich im Blick, und um die Schultern hing ihm ein Purpurmantel, dessen rechte Hälfte fehlte. Auf den Knien lag ein Schwert, und unter dem Mantel schimmerte eine silberne Rüstung.

Als der Bauer vor ihm stand, erhob er sich und sprach: «Du bist es, auf den ich warte. Der Wanderer schickt dich her; stehe also und höre, was ich dir sage. Alle hundert Jahre weile ich einmal um diese Zeit im Berge der Nacht, den Bauern zu helfen, wenn sie das Dunkel der Zeit drückt.»

Seine Worte klangen ruhig, und der Bauer blieb stehen, zu hören, was der Ritter verlangte.

«Viel ist, was Gott dem Menschen gönnt», fuhr er fort. «Sonne und Mond dienen ihm, Sterne und Engel schaffen mit, Luft und Regen, Schnee, Hitze und Kälte, Wind, Wasser, Berg und Tal und Licht und Finsternis. Gutes tun ist das Wichtigste auf Erden, und nur eine Sünde gibt es, die man durch Reue nicht los werden kann: Das ist der Zweifel, das mangelnde Vertrauen auf Gott und die Kraft des Ackers. Du leidest am Zweifel; aber weil du den Weg über die drei Kuppen des Totenmondes gläubig zurücklegtest, will ich dir helfen. Warum brennt ihr am Vorabend meines Festes das alte Feuer nicht mehr? Ordne du die Abendstunde neu und sammle die Asche des Feuers. Sie streue auf deine Äcker – und du wirst sehen, wie sehr die Ernte gedeiht. Nur Boden, den der Väter Sitte weiht, trägt reine Frucht, und hoher Mut bewahrt das Ahnenwerk vor dem Frevel der Zeit.»

Indem erlosch das Licht, und der Ritter war verschwunden, so daß der Bauer zunächst wie geblendet stand und nicht wußte, wohin er sich wenden sollte. Als er sich drehte, sah er am Ende des langen Ganges, durch den er gekommen war, das Dämmerlicht des Morgens, und er machte sich auf, wie wenn ihn neue Kraft erfüllte: So hatte ihn das zuversichtliche Wort des Ritters getroffen, in dem er Martinus erkannte, der mit seinem Schwerte dem Bettler die Hälfte des Mantels geschenkt hatte und deshalb unsterblich blieb.

Er ging zurück, tastete sich mit dem Stecken durch den Gang und schritt, als er draußen war, frischen Mutes dem Pfade nach auf die Höhe des Berges, an dem Galgen vorbei und jenseits wieder hinab zu Tal. Das Brot des Wanderers nahm nicht ab, und er erreichte am Abend dieses Tages die Viehhütte des zweiten Tales, schlief in ihr, wanderte am nächsten Morgen bergan, kam über die Kuppe der Prozession, ruhte nachts in der Hütte des ersten Tales und kam am sechsten Tage der Wanderung über die Höhe der Kartenspieler. Die Wolken hingen grau, und Nebel stiegen und fielen; aber niemand begegnete ihm, und was sich in den Nächten erhoben hatte, ihn zu bedrängen, schlief über Tag.

Am Abend des sechsten Tages seiner Wanderung kam er heim und klopfte ans Tor des Hofes, und da der Hund seinen Schritt erkannte, winselte er froh auf und bellte Frau und Kinder aus dem Hause. Die Frau öffnete und war, als sie ihren Mann sah, über die Maßen froh und fragte, wo er geblieben sei, sie habe Tag und Nacht mit den Kindern gesucht und geweint.

Er sagte, Martinus sei ihm begegnet; er wisse nun, was zu geschehen habe, den Ernten aufzuhelfen; nächstes Jahr stehe es besser, und nichts schade dem Bauer mehr als der Zweifel in seinen Acker. Die Kinder nahmen ihn an den Händen und führten ihn in die Stube, und der Hund sprang mit und lärmte derart, daß auch die Nachbarn kamen, zu hören, was geschehe.

Der Bauer erzählte, was ihm begegnet war, und verschwieg nur, daß er den Auftrag habe, die Asche des Feuers über den Acker zu streuen; auch von dem Brot des Wanderers sprach er nicht, und alle, die saßen und lauschten, wunderten sich und meinten, man müsse tun, was er sage; es sei wenig schön, daß am Vorabend zu Martin nur noch Kinder mit Rübenfackeln umgingen und Gaben heischten: Das große Feuer vergesse man seit Jahren.

Der Bauer ging am nächsten Morgen von Haus zu Haus und besprach die Feier, und da ihn die Kraft des Wortes erfüllte, das er von dem Ritter gehört hatte, dem gleichen, der seit Jahrhunderten in Stein gemeißelt vom Giebel der Kirche auf die Gemeinde herabschaute, gelang es ihm, alle Bauern zu gewinnen.

So aber vollzog sich die Feier am Vorabend des bitteren Zahltages: Dunkel lag der Dorfplatz, und im Halbkreise standen die Glieder des Dorfes, vorne die Kinder, auch die Kleinen, hinter ihnen die Burschen und großen Mädchen, dahinter die Frauen und zuletzt die Männer, die jungen zuerst, dann die alten, und alle trugen auf langen Stöcken ausgehöhlte Rüben mit Gesichtern als Fackeln; aber keine brannte. Da klagten die Kinder, es sei dunkel, Frost drohe, und Notwind komme über die Berge, und als die Burschen und Mädchen, auch Frauen und Männer, einfielen, klang das Lied der Klage, das der Bauer aufgesetzt hatte, wie ein düsterer Chor vom Dorfe bergan. Indem blitzte weithin eine Fackel auf, und da sie näher kam, sahen sie auf hohem Schimmel den Ritter Martinus, der das Licht trug und mit ihm in den klagenden Ring ritt. Er grüßte und mahnte, wieder in wohlgesetzten Strophen, und sagte, dem, der ans Leben glaube, vermöge das Dunkel nichts, ihm lösche auch der schärfste Wind das Licht nicht, und des Bauern gewaltigste Kraft sei der Glaube. Die Alten erkannten die Stimme des Bauers, indes das junge Volk nur den Ritter Martinus in dem Reiter sah, den gleichen, der am Giebel der Kirche stand, der kam, dem Dorfe das neue Licht zu schenken. Er brannte dem ersten Fackelträger die Kerze an, und der gab das Feuer weiter, so daß es von einem zum anderen lief und erst ruhte, als auch der letzte Fackelträger leuchtete.

Da wandelte sich – so hatte es der Bauer vorher angeordnet – die Klage zu frohem Sang, und der Lichterzug begann zu wandern. Vorne an ritt Martinus. Ihm folgten die Kinder, die Burschen und Mädchen, Frauen und Männer in schöner Ordnung, und sie zogen singend durch die Dorfstraße, dann um die Felder und schließlich zu der Berghöhe, auf der ein mächtiger Holzstoß wartete. So aber lautete das Lied, das sie sangen:

«Martin, Martin,
Martin bist ein Flammenheld.
Du besiegst die Nacht der Welt.
Feuer, das vom Himmel fällt,
trägst du froh durch Wald und Welt...»

Oben ritt Martinus in weitem Bogen um das Holz und führte den Lichterzug wieder zu einem Ring. Dann wandte er sich und sprach zu allen von dem neuen Jahr, der Saat und dem Glauben an die künftige Ernte, von den Sternen im Dunkel und dem ewigen Lichte, und die Jungen und Alten, Männer und Frauen antworteten, wenn er fragte. Schließlich zündete er mit seiner Fackel den Holzstoß an, und der Brand loderte auf, spritzte Funken und schlug seine Flammen zum Nachthimmel. Indem aber sprachen alle gemeinsam den Schwur, zu hoffen und zu glauben und sich zu helfen, wenn Not komme: Es gebe keine Nacht ohne Morgen, keinen Winter ohne Frühling.

Als das Feuer niedergebrannt war, führte Martinus den Zug zum Dorfplatze zurück und bescherte jedem Kinde einen weißen Wecken. Sie sangen ihm das Danklied, woraufhin er seine Fackel noch einmal zum Himmel reckte und in die Nacht ritt, aus der er gekommen war.

Alle Frauen und Männer, Burschen und Mädchen freuten sich mit den Kindern und gingen heim, wie wenn sie im Dunkel des Totenmondes bereits das Licht des Frühlings ahnten, das Lied der Finken, den Duft der Veilchen und den frischen Saft der Bäume.

Der Bauer hingegen, der sich den Schimmel im Nachbardorfe geliehen hatte, ging, als er aus der Nacht, in die er als Ritter Martinus geritten war, zurückkehrte, auf die Höhe und sammelte die Asche des Feuers in einen kupfernen Kessel. Den trug er heim, barg ihn in der Scheune und trat in die Stube, wo auch seine Kinder mit dem weißen Wecken saßen.

Da fiel ihm erst wieder das Brot des Wanderers ein, an das er seit der Heimkehr von der Wanderung durch den Totenmond nicht mehr gedacht hatte, griff in die Tasche seines Rockes und zog es heraus, es den Kindern zu zeigen. Im gleichen Augenblick verwandelte es sich – und er hielt statt des Brotes zwanzig Goldstücke in der Hand. Die Frau und die Kinder wunderten sich, sprangen um den Tisch und lachten; denn nun konnte er die Zinsen und die erste «Stäg» bezahlen.

Am nächsten Morgen stand er früh auf, nahm den kupfernen Kessel aus der Scheune und ging ins Feld, er ganz allein. Er streute die Asche über seine Äcker, sprach ein frohes Wort dazu und schaute zuversichtlich die Berge hinauf.

Und es geschah, daß die nächste Ernte über die Maßen gut war, und da der Bauer nicht aufhörte zu arbeiten, blieb es so, Jahr um Jahr.

Seitdem aber feierte sein Dorf den Vorabend vom Martinstage wieder gemeinsam, brannte das große Bergfeuer ab und schenkte den Kindern weiße Wecken. Man merkte auch bald, daß er die Asche des Feuers sammelte, tat es ihm nach und streute sie am frühen Morgen über die Äcker, und ein großer Segen ging von diesem Brauche aus, so daß sich erfüllte, was der hohe Wanderer in der Allerseelennacht versprochen hatte, und wer es nicht glauben will, der mag gehen und das Dorf suchen.

Jul
(Dezember)

Der Jul bringt uns des Winters Ruh,
doch auch Frau Hollas Silberschuh.

Die Schuhe der Frau Holle

Vor Zeiten, als in der großen Stadt am Strome der Dom noch inmitten kleiner Häuser und Höfe stand, wohnte in einer der engen Hafengassen ein Schuster, der jung verheiratet und ohne Not in Schuld geraten war. Es blieb ihm schließlich nicht einmal so viel Leder, daß er ein Paar Schuhe hätte sohlen können, weshalb er stundenlang auf seinem Schemel saß und in die Schusterkugel starrte oder hinausging an den Strom und den Wellen nachsann, die unaufhaltsam dem fernen Meere zudrängten.

Es war eben die Zeit der zwölf Rauhnächte, in denen die Unterirdischen umgehen, Angst und Schrecken, doch auch jene Beschaulichkeit zu wecken, die das Herz der Menschen mit Ehrfurcht erfüllt und ihnen hilft, Kümmernisse zu meistern. Über Tag schneite es, und nachts kollerte der Wind durch die Stadt, und der Schuster sagte an einem Abend, als er von der Gasse ins Haus zurücktrat, zu seiner Frau: «Der Gevatter Nachbar schlachtet sein Schwein und backt das Honigbrot. Ich rieche bereits den Wein, den er aus dem Keller holen wird. Wer heizt uns demnächst die Stube? Besser läge man auf dem Friedhof. Nicht lange mehr, so ist das letzte Brot geschnitten, und wir müssen betteln.»

Die Frau hingegen, die an einem Sonntag geboren war und immer frohen Mutes blieb, meinte: «Noch liegt Holz im Keller, und eine Weile reicht unser Brot. Ich habe auch Milch im Topf und ein wenig Butter, und der Gevatter Nachbar wird uns von dem Schwein etwas mitgeben. In ein paar Tagen sind die Zwölften da. Wir wollen jetzt schon Stube und Werkstatt aufräumen. Wer weiß, wen es gelüstet, bei uns einzukehren. Bald zieht die Frau Holle um, und das Wildheer kommt. Ich stelle in der Weihnacht einen Teller auf die Schwelle der Haustür und lege eine Scheibe Brot hinein. Sie werden hungrig sein vom langen Ritt. Sieh nur: Die Barbarazweige haben dicke Knospen. Wenn sie Weihnachten aufbrechen, gibt's ein gutes Jahr.»

Die Frau war, altem Brauche gemäß, in der Nacht vor Barbara im bloßen Hemde rücklings zu dem Kirschbaume ihres kleinen Gartens geschritten und hatte die Zweige, die nun hinter dem Ofen auf einem Eckbrett standen und trieben, geschnitten. Während sie ihrem Manne gut zusprach, nahm sie das Glas mit den Zweigen und hielt es ihm unter die Nase. «Vielleicht», sagte sie, «kommt der Duft des Weines, von dem du sprichst, aus den Knospen. Sei nicht mehr traurig. Es gibt noch viel Leder auf der Welt.»

Der Schuster ließ sich bereden, räumte die Werkstatt auf und fegte den Boden, und die Frau machte das karge Abendbrot. Als sie gegessen und noch eine Weile bei ihrem Öllicht gesessen hatten, sagt der Mann: «Ich mag nicht schlafen, wenigstens jetzt nicht. Die Thomasnacht ist da, die längste des Jahres. Da gehen die Thomasmasken um, und ich will sehen, ob sie noch tanzen und springen.» «Wenn du froh zurückkommst», erwiderte die Frau, «soll es mir recht sein. Einem Murrkopf fliegt kein Leder zu, wohl aber einem lustigen Blick, der merkt, daß auf Thomas das Licht um einen Hahnenschritt wächst.»

Der Schuster legte Mantel und Kappe an, wickelte das Halstuch um und ging aus der Gasse auf den Fischmarkt zu. Da fegte denn auch wirklich mit drei Fackeln ein Zug junger Burschen um die Ecke. Sie trugen zerrissene Kleider, bemalte Papierlarven vor dem Gesicht und Pelzmützen, an den Ärmeln aber Zaddeln von Hasen- oder Kaninchenfellen und lärmten, wie wenn sie die Unholden der Nacht vertreiben wollten. Als sie den Schuster sahen, johlten sie auf, sprangen ihm entgegen und tanzten dreimal im Kreise um ihn, schlugen seinen Rücken mit Lebensruten und jagten dann rings um den Markt, von dem aus sie ins Stadtinnere lärmten.

Der Schuster mußte lachen, als er sie verschwinden sah, und er dachte an die Jahre, in denen er selbst im Zuge der Thomasmasken mitgesprungen war. Da stand plötzlich, indes der Lärm immer ferner klang, ein altes, verhutzeltes Weib vor ihm. Es hatte einen krummen Rücken, Triefaugen, eine Hakennase und Zahnlücken im Munde und sprach: «Die Thomasmasken verfolgen mich, und mein Schuh riß auf. Du bist Schuster. Nimm deine Ahle und den Pechdraht und nähe meine Sohle fest.»

Er trug, seitdem er von der Wanderschaft heimgekehrt war, stets eine Ahle und ein Stück Pechdraht bei sich, säumte also nicht, nahm den Schuh, den ihm die Alte hinstreckte und heftete die Sohle, die an ihm herunterhing, mit leichter Mühe fest. Während er ihn der Alten wieder an den Fuß steckte, legte sie ihm die Hand auf die Schulter, und es war ihm, als brennte sie, so daß er ordentlich zusammenschrak. Sie aber sprach: «Du hast dein Glück gemacht. Ich bin die Frau Holle und komme weither, die Zwölften in der Stadt am Strome zu feiern. Was wollen mir die Thomasmasken? Deine Not kenne ich, und da du mir geholfen hast, will ich dich von ihr befreien. Sei zwischen Weihnacht und Dreikönigen jede Nacht um zwölf Uhr vor dem Dom. Setze dich auf die Treppe und mache mir ein Paar Schuhe. Eine Stunde darfst du arbeiten. Das Leder schenke ich dir. Halte aus, was auch geschieht, und verrate keinem Menschen, auch deiner Frau nichts von dem, was dir begegnet: Dann wird alles gut werden. Ich helfe nur dem, der schweigen kann. In der zwölften Nacht hole ich Glock Zwölf die Schuhe am Dom.»

Indem verschwand die Alte vor seinen Blicken, und er stand allein im Dunkel, hörte irgendwo den Lärmzug der Masken, sonst aber nichts, und da dachte er, es komme ihm nicht darauf an, dem Wunsche der Alten zu folgen, und er schritt nachdenksam zwischen den Gassen her an den Dom und wieder zurück, seiner Wohnung zu.

Die Frau öffnete ihm, und als sie sah, daß er froh heim kam, legten sie sich zu Bett und schliefen ruhig bis zum anderen Morgen.

In der darauffolgenden Nacht aber machte sich der Schuster nach der elften Stunde heimlich fort und nahm den Handwerkskasten mit. Seine Frau, die einen irdenen Teller mit Brot auf die Schwelle gestellt hatte, schlief und merkte es nicht, und er schloß die Haustür leise und ging in der Richtung zum Dom. Als er auf den Platz kam, der zu den Haupttoren des Domes führt, schlugen die Glocken der hundert Kirchen und Kapellen, die in der Stadt standen, eben die zwölfte Stunde, und es war so finster, daß er kaum eine Hand vor den Augen sehen konnte. Er fand jedoch die Domtreppe, schlug den Handwerkskasten auf und setzte sich neben ihn. Es war kalt, und er zog das Halstuch fester und die Kappe tiefer. Indem hörte er ein Getöse, als wenn ein Küfer mit dem Hammer auf leere Fässer schlüge, und der nächtliche Wind wurde schnell zum Sturm, und mit ihm kam die wilde Jagd durch die Lüfte. Es schrie, pfiff und klapperte, bellte und winselte, und alte und junge Hunde heulten, derweil sich Vögel mit fürchterlichem Quaken in den Lärm mischten. Dazu schrien Treiber ihr Hüh und Hott, Jäger ihr Halali, und Frauen stießen Klagerufe aus.

Die wilde Jagd glitt dreimal, so merkte der Schuster, in gewaltigem Bogen um die Türme des Domes, senkte sich dann tiefer und entließ einen silbernen Wagen, in dem eine Frau auf den Domplatz glitt. Sie stand aufrecht, trug ein schneeweißes Gewand und flachsblondes Haar, das leuchtend hinter ihr herflog und die Dunkelheit wundersam erhellte. Eine weiße Ziege zog den Wagen, und die Frau hielt eine goldene Wiege, in der ein Kindlein lag. Als der Wagen näher kam, hob sich das Kindlein und warf dem Schuster ein Stück Leder zu. Es fiel so geschickt, daß er es greifen und gleich spüren konnte, wie gut es war. Da spannte er das Schneidebrett in den Knieriemen, zog ihn an, nahm das Messer und begann, die Schäfte zu schneiden. Zwölf Stunden, sann er, sind bald vorbei, und länger darf ich nicht arbeiten, jede Nacht eine Stunde; da muß ich mich sputen; denn die Schuhe für die Frau Holle sollen ein Meisterstück werden.

Der Wagen, sah er, fuhr, und er warf einen scheuen Blick auf die Frau und erkannte, daß es die Frau Holle war. Da erinnerte er sich, gehört zu haben, wie oft sie ihre Gestalt wechsele, und er schüttelte heimlich den Kopf. Die Ziege zog den Wagen ohne Mühe die Treppe hinauf, und gleich öffnete sich das mittlere der drei Tore des Domes, so daß der Wagen mit der Frau Holle und der goldenen Wiege hineinfahren konnte.

Der Schuster schnitt unverdrossen zu, und als der Wagen im Inneren des Domes angelangt war und der Platz wieder dunkel lag, indes sich die hohen Fenster erhellten, klang der Lärm des Wildheeres abermals auf, und ein Kerl schoß aus dem Getöse nieder, der statt des Kopfes eine Feuergarbe auf dem Rumpfe trug und in wahnsinniger Hast immerfort den Schuster umkreiste. Von der Feuergarbe fiel so viel Licht auf das Schneidebrett, daß er arbeiten konnte, und da sich der Schuster, wie fürchterlich auch der kopflose Kerl aussah, nicht stören ließ, kam er ein gut Stück weiter. Nach einer Weile kehrte die Ziege mit dem Wagen zurück, mit der Frau Holle und ohne die goldene Wiege. Der Schuster wagte nicht, länger von seiner Arbeit fortzublicken; denn der Rumpf mit der Feuergarbe raste immer näher. Als jedoch der Wagen vorbei war, zischte der Kerl hinterher, und im gleichen Augenblick hob sich der Wagen von der Erde und fuhr wie ein Feuerschweif den unsichtbaren Scharen des Wildheeres zu.

Der Spuk verschwand schnell, wie er gekommen war, und bald saß der Schuster allein in der Finsternis, fühlte gleichsam den düsteren Dom neben sich und die Kälte, schnallte den Knieriemen auf, packte zusammen und machte, daß er heim kam. Die erste Stunde hatte er gut überstanden, setzte den Kasten still in die Werkstatt und legte sich, ohne daß seine Frau etwas merkte, zu Bett und schlief traumlos und fest bis zum Morgen. Als die Frau ging, den Teller zu holen, lag darin statt der

Brotschnitte ein großer Spekulatiusmann, der einen prächtig gegürteten Schimmel ritt, einen langen Säbel und einen Hut mit breiten Federn trug. Da freuten sie sich, feierten ihre Weihnacht und rieten den ganzen Tag über, wie wohl der Schimmelreiter auf den Teller gekommen sei, waren aber so versponnen, daß sie keinen Weg fanden und die Frau abends den Teller noch einmal mit einer Scheibe Brot auf die Türschwelle setzte.

Nachts, als sie schlief, machte sich der Schuster mit dem Kasten zeitig auf den Weg, und es geschah, da er auf der Domtreppe saß und zu schneiden begann, daß Glock Zwölf zu dem Sturm, der aufstieß, ein Schimmel aus der Wildjagd auf den Platz schnob. Es war ein mächtiges Tier und sprühte Feuer, und ein unheimlicher Reiter saß darauf, ein Mann, der bald riesengroß erschien und plötzlich zu einem winzigen Männlein einschrumpfte, um gleich darauf wieder zur Höhe der Dächer anzuwachsen. Der Schimmel jagte mit ihm über den Platz, vorbei an dem Schuster, immerfort im Kreise, und plötzlich schoß aus den Lüften, die heulten und tobten, ein zweiter Schimmel von gleicher Größe. Auf ihm aber saß ein schönes Weib, rittlings wie ein Mann, reckte die Arme ins Dunkel und sang. Während der Schimmel die Erde berührte, wandelte sich das Getöse zu einer wilden Musik, und da auch dieses Tier Feuer sprühte, konnte der Schuster wohl sehen und hub an, die Sohlen zu schneiden: Er hatte das Maß der Frau Holle seit der Thomasnacht gut im Gedächtnis. Die beiden Schimmel begannen im Takte der Musik zu tanzen. Sie jagten einen tollen Reigen, drehten sich im Kreise, fegten auseinander und wieder zusammen, und da der Reiter nun groß blieb, war es ein schönes Spiel, in dem die Frau mit den Armen lockte und der Mann sich sehnte. Wie lange es währte, merkte der Schuster, der eifrig arbeitete, nicht, erschrak aber, als die Frau mit einem Male vom Pferde sprang und auf ihn zu kam.

«Komm, tanze mit mir», sang sie betörend, «und all deine Not nimmt ein Ende.» Er fühlte ihren Atem, und die nächtliche Musik rauschte durch sein Blut. Doch er dachte an die Warnung der Frau Holle, blieb bei seinem Werk und blickte nicht auf, wie sehr auch das Weib lockte. Da begann sie, ihn zu zwicken und zu zwacken, indes der Riese auf dem zweiten Schimmel wieder zu einem winzigen Männlein einschrumpfte und sich die Musik der Lüfte in den Lärm zurückwandelte. Es war dem Schuster allmählich schwer, zu widerstehen, weshalb er erlöst aufatmete, als die Glocken dumpf den Vorübergang der ersten Stunde schlugen und damit das Weib auf den Schimmel zurücksprang und die beiden Pferde hinauffuhren und mit dem Lärm verschwanden.

Die Frau des Schusters merkte wieder nichts, und als sie morgens den Teller holte, fand sie statt der Brotschnitte zwei Roßäpfel darin, wie Pferde sie fallenlassen. Da lachte sie laut auf und trug den Teller hinein, ihn ihrem Manne zu zeigen. In dem Augenblick aber, in dem er die Roßäpfel ansah, wandelten sie sich in richtige Äpfel, und als die Frau sie mit roten Backen da liegen sah, meinte sie: «Du bist ein Hexenmeister und kannst mehr als andere Schuster. Warte nur: Im neuen Jahre haben wir Glück. Übrigens blühen auch die Barbarazweige, und was willst du mehr?»

Der Schuster ging nun jede Nacht um die gleiche Stunde mit dem Handwerkskasten an den Dom, und die Frau, die abends die Brotscheibe im Teller auf die Schwelle setzte, merkte nichts von seinen nächtlichen Gängen und ihrer geheimnisvollen Arbeit.

In der dritten Nacht begab es sich, daß mit dem zwölften Glockenschlage aus dem Getobe eine Horneule niederschwebte, deren Feueraugen unheimlich leuchteten. Auf ihr ritt der Tod und schwang seine Sense. Dreimal flog er lautlos um den Platz und hob die Sense nach allen Seiten, und im gleichen Augenblick kamen von den Friedhöfen der Stadt, die um ihre Kirchen lagen, die Toten in schneeweißen Hemden, Männer, Frauen und Kinder und schritten gesenkten Hauptes auf den Dom zu. Der Tod ritt vor ihnen her, die Treppe hinauf, schlug mit der Sense wider das Tor und ließ, als es sich öffnete, alle, die kamen, hinein. Er selbst blieb draußen und ritt, während der letzte Tote, ein gebückter, alter Mann, verschwand, auf den Platz zurück und jagte, immerfort die Sense schwingend, im Kreise. Dem Schuster klopfte das Herz, und er wagte kaum zu atmen, spähte aber hin und wieder zum Dom, der plötzlich hell erleuchtet stand, und er sah durch das offene Tor, daß die Toten in den Bänken knieten und vier Priester am Altare mit ihren Ministranten zum Licht von mehr als hundert Kerzen ein Amt feierten. Die Orgel spielte, und der Chor sang dumpf und hohl. Der Schuster wunderte sich, und ob ihm auch der Moderduft die Kehle fast verschnürte und der Tod auf der Horneule immer näher an ihn kam: Er schnitt, hämmerte und stichelte, wie wenn er in der Werkstatt säße. Kurz vor dem Glockenschlage der ersten Stunde pfiff der Tod hart und schrill, und im gleichen Augenblick erloschen die Kerzen im Dom. Die Toten drängten eiligst heraus, zuerst die Kinder, dann die Frauen und zuletzt die Männer. Sobald die

Glocke schlug, wirbelten sie auseinander, ihren Gräbern zu, und der Tod flog mit der Eule hinter dem wilden Heere davon.

Der Schuster wischte sich den Schweiß von der Stirn und machte, daß er heim kam. An diesem Morgen fand seine Frau auf dem Teller eine Brezel, die hart war wie Stein, aber in der Morgensuppe aufweichte und gut schmeckte.

Während der vierten Nacht jagte aus dem Lärm des Wildheeres ein feuriger Wagen, den schwarze Pferde zogen. Der Kutscher schwang seine Peitsche, und da von ihr helle Funken ins Dunkel sprühten, konnte der Schuster wieder bei gutem Licht arbeiten. In dem Wagen saß in voller Amtstracht ein Bürgermeister, der bei Lebzeiten übel getan hatte, und er hielt einen glühenden Stab in der Rechten, schrie, als brennte ihn das Feuer und mußte doch still sitzen und fahren, wie es dem Kutscher, einem bartwilden Gesellen, behagte. Als er auf der Domtreppe den Schuster sitzen und arbeiten sah, johlte er auf, knallte die Peitsche und raste wie ein Wirbel um den Platz. Jedesmal, wenn er an dem Schuster vorübersauste, war es dem, als fiele ihn eine mächtige Holzglut an, und sein Blut rollte heiß und unstät. Aber er ließ sich nicht beirren und arbeitete, bis der Spuk verschwand und er heimgehen konnte.

Die Frau fand morgens den Teller bis zum Rande mit schneeweißem Mehl gefüllt, und sie buk daraus einen Streuselkuchen. Über Tag ging sie ihrer Arbeit nach und sang alte Lieder so hell und froh, wie wenn der Frühling käme.

Während der nächsten Nacht – so merkte der Schuster, der zu Hause wie ein Grab schwieg – tobten mit dem Wildheere die Unholden aus den kahlen Wäldern jenseits des Stromes und die der Felder, die vor der Stadtmauer lagen, an. Sie schrien, jauzten, schossen aus langen Büchsen, läuteten zersprungene Glocken, die sie an Seilen nachschleppten und knallten unheimlich lange Peitschen. Langsam stiegen sie auf den Domplatz, und der Schuster sah bei dem Licht der Fackeln, die drei Krüppel trugen, deutlich, wie vor dem Zuge ein Landsknecht auf einem schwarzen Hengste ritt, hinter ihm ein Spielmann torkelte, dahinter aber drei handelnde Juden fegten, um deren Hals ein Schlinge lag, wie eine Ziege mit weißem Laken, ein Storch mit langem Klapperschnabel und zuletzt ein gewaltiger Bär vor einem Riesen daherschoß. Der Schuster hämmerte eben eine Sohle auf einen zugeschnittenen Schuh und schlug unbekümmert die Pinne ein. Da aber heulte der Bär, und der Riese hob eine Keule, die, so dachte der Schuster, ihre hundert Pfund wog und geeignet gewesen wäre, den Bären mit einem Hieb zu zerschmettern. Der Bär fuhr aus dem Zuge über den Platz, und der Riese blieb ihm auf den Fersen. Der Schuster, dem das Herz bis zum Halse schlug, glaubte schon, es sei um ihn geschehen: Da jagte die Frau Holle an, wieder als altes Weib mit Hakennase und Gluhaugen, und sogleich ordneten sich der Bär und der Riese dem Zuge ein, der noch dreimal um den Domplatz raste und dann, von der Frau Holle geführt, verschwand.

An diesem Morgen fand die Frau des Schusters den Teller mit Walnüssen gefüllt, und sie trug die Nüsse sorgsam in die Küche und bewahrte sie bis zum Abend. Da aber zeigte es sich, daß alle Nüsse taub waren, und der Schuster lachte mit seiner Frau, als sie aufstand und die Schalen ins Feuer warf. Eine fiel jedoch neben die Glut und sprang zu Boden, und im gleichen Augenblick verwandelte sie sich in ein silbernes Schifflein, das beim Schein des Feuers schimmerte. Sie hätten gern die anderen Schalen zurückgeholt; aber sie brannten lichterloh, und ihre Flammen tanzten wie kleine Narren.

In der sechsten Nacht ließ sich mit der wilden Jagd, die diesmal nicht lärmte, sondern Fiedeln und Klarinetten spielte und seltsame Lieder sang, ein ausgelassenes Getümmel von Zwergen auf dem Domplatz nieder. Sie stellten dicht vor der Treppenstufe, auf welcher der Schuster saß und stichelte, ein Kegelspiel auf, und die Köpfe der Kegel bargen ein Licht und erhellten die Nacht. Die Zwerge liefen an das andere Ende des Platzes und begannen ihr Spiel. Einer um den anderen warf eine Kugel, und da die Kugeln so dick waren wie die der Männer in den Schenken, kollerten sie dumpf und schwer über den Platz. Es ging so schnell, daß der Schuster vor sich bald einen Kugeltanz sah; denn die Zwerge trafen nicht einen Kegel, warfen aber immerzu, und die Kugeln sprangen, sobald sie an die Treppe stießen, mannhoch auf, erhellten sich von innen her und rollten wieder zurück. Der Schuster zuckte zwar bei jeder Kugel, die aufsprang; aber er ließ sich, wie toll auch das Spiel zu der Musik und dem Lied dahinfegte, nicht stören, sondern arbeitete weiter und freute sich, daß ihm die Zwerge die Mitte der zwölf Nächte erhellten. Es schien ihnen auf dem Platze zu gefallen; denn Männlein und Weiblein juchzten zum Geroll der Kugeln. Zuletzt aber schnob mitten in die lustige Schar ein großer schwarzer Köter, dem das Haar und der Schwanz aufrecht standen, indes seine Augen grell fuirizten. Da schleuderten die Zwerge die Kugeln wider die Kegel, trafen sie alle neun und stoben mit einem unheimlichen Donner, der die Musik der Lüfte verschlang,

vor dem Köter in das wilde Heer zurück, und gleich lag der Domplatz wieder im Dunkel der Mitternacht.

Der Schuster raffte seinen Kasten und machte sich heim. Er dachte: Der Weg vom zugeschnittenen Leder zum fertigen Schuh ist doch weit, und wer nur eine Nachtstunde arbeiten darf, muß sich wahrhaftig sputen; ich bin neugierig, ob es gelingt und die Frau Holle mit meiner Arbeit zufrieden ist!

Diesmal fand seine Frau des Morgens auf dem Teller eine winzige Kegelkugel, und als sie die ihrem Manne zeigte, hätte der sich fast verraten und gesagt, sie sei gewiß von den Zwergen der vergangenen Nacht. Aber er lachte schnell und meinte, sie solle sie bis zum Dreikönigstag verwahren; vielleicht sei sie ein Stern, den einer der Weisen verloren habe.

Während der siebten Nacht, in der es regnete und stürmte, jagten die Wilden wieder mit Jägergeschrei und Hundegebell an, so fürchterlich, daß der Schuster erschrak, wie wenn er ihnen zum erstenmal begegnet wäre. Ehe er sich noch von seinem Schrecken erholen konnte, kam eine weiße Taube auf ihn zugeflogen, und sie bat: «Schlage mit deiner Ahle einen Kreis um mich und weihe ihn mit drei Kreuzen.» Das tat der Schuster, der mit seiner Arbeit noch nicht begonnen hatte, und die Taube flog in den Kreis und verwandelte sich dort in eine weißgekleidete Jungfrau. Bei dem Lichte, das sie trotz dem Regen verbreitete, öffnete der Schuster seinen Kasten, setzte sich breit hin und nahm nach der Gewohnheit seine Arbeit vor. Indem schoß der wilde Jäger selbst auf einem Hengste an, raste um den Kreis und schrie dem Schuster zu: «Öffne den Ring und stoße die weiße Frau hinaus!» Die Jungfrau hingegen flehte ihn an, es nicht zu tun, er brauche sich nicht zu fürchten, sie helfe ihm. Doch der wilde Jäger tobte derart, daß der Schuster, der den einen Schuh in der linken Hand hielt, mit dem Hammer den Kreis öffnete. Im gleichen Augenblick entschlüpfte die Jungfrau, und der wilde Jäger verfolgte sie wieder mit lautem Hoihoh. Das Licht aber blieb, und der Schuster arbeitete. Er hörte das Gekoller, sah dunkle Schatten, die kamen und forthuschten, und erkannte, als die Stunde zu Ende ging, plötzlich den wilden Jäger wieder. Doch er graute sich bei seinem Anblick; denn er hatte die getötete Jungfrau vor sich auf dem Pferde liegen, so daß an der einen Seite ihr langes Haar und die Arme, an der anderen ihre Beine herunterhingen und fast über den Boden schleiften. Der Jäger warf ihm einen wütenden Blick zu und verschwand dann mit dem Zuge in Sturm und Regen so schnell, daß der Schuster Mühe hatte, sein Handwerkszeug im Dunkel zu finden und den Kasten zu schließen.

Morgens sah seine Frau im Teller nichts als Schaumflocken, wie sie Pferden beim raschen Ritt aus den Lefzen springen, und als sie den Teller hob, flogen die Flocken fort und zergingen.

Der Schuster, der es nicht wagte, über Tag den Kasten zu öffnen und nach den Schuhen der Frau Holle zu sehen, konnte die nächste Nacht kaum erwarten, wunderte sich aber, als er aus dem Hause trat, daß die Luft still war und die Nacht ihre Sterne zeigte. Nun werde ich ruhig arbeiten können, dachte er, und das ist notwendig; sonst bin ich nicht fertig, wenn die Frau Holle kommt.

Aber mit der zwölften Stunde verdunkelte sich der Himmel, und die wilde Jagd tobte noch lärmiger an als in den vorhergehenden Nächten. Voran ritten drei große Männer, von denen jeder eine Stange in die Höhe hob, und an der Stange war oben eine Leiche angebunden. Hinterher stampften Männer mit verdrehten Gesichtern, Frauen, die zänkisches Geflügel schleppten, Kinder mit Fackeln und schwarze Wagen. Alle aber lagerten sich auf dem Platze, in dessen Mitte sie ein Feuer machten. Da stiegen die drei großen Männer von den Pferden, legten die Stangen mit den Leichen auf die Domtreppe, gerade dahin, wo der Schuster saß, und ließen sich an dem Feuer nieder. Der älteste ging nach einer Weile und holte irgendwo aus einem Stall einen Ochsen, der sich in dieser Runde merkwürdig genug umsah, wohl an der Kette zuckte und mit den Hörnern bockte, aber nicht los konnte. Die Männer schlachteten, brieten und aßen ihn, und das ging so schnell, daß sich der Schuster, der ganz still saß und nähte – er heftete, wiewohl die Schuhe noch lange nicht fertig waren, die Strippen an –, fürchtete, mit verschlungen zu werden. Er riß seine Augen weit auf, als er merkte, daß die Männer die Knochen des Ochsen in die Haut legten und diese dann mit Ruten peitschten. Da wurde der Ochse wieder lebendig und lief seinem Stalle zu, und selbst die Kette hing von seinem Halse herunter und schleppte mit lautem Geklirr über den Boden. Gleichzeitig griffen die Riesen ihre Stangen, sprangen auf die Hengste und fegten mit dem Zuge, der anschwirrte, in die Lüfte zurück, derweil das Feuer erlosch und der Himmel keine Sterne zeigte.

Im gleichen Augenblick schlug es ein Uhr, und der Schuster mußte gehen. Seine Frau fand morgens im Teller ihre Schnitte Brot wieder: Sie lag unverrückt, und da glaubte sie, die Unholden seien nicht vorübergezogen. Wie sie aber den Teller zur Küche brachte, wandelte sich das Brot in ein Stück Kuchen, und das schmeckte besser als der Streuselkuchen, den sie aus dem Mehl der Unholden gebacken hatte. Sie aßen und sprachen mit keinem Nachbarn ein Wort über das, was sich seit einigen Tagen mit ihrem Teller begab.

In der neunten Nacht jagte die Hel an, eine schwarzgekleidete Greisin auf dreibeinigem Pferde, das grau und blind war. Sie trug in der Rechten eine Laterne, ritt neunmal allein und ruhig um den Platz und hielt dann vor dem Schuster. Der Lärm in den Lüften tobte weiter. Sie aber stand mit dem blinden Pferde, reckte dem Schuster die Laterne hin und rührte sich nicht, eine ganze Stunde lang. Der Schuster spürte, wie heiß ihm der Atem ging. Doch seine Arbeit geriet, und als der Spuk mit dem Schlag der ersten Uhr verstob, wußte er, daß es gelingen würde, der Frau Holle die Schuhe zeitig zu liefern.

Während der zehnten Nacht trieben zwei Zauberer ihr Werk vor ihm, fegten Irrlichter herum, aßen einen Hecht und tranken roten Wein. In der elften aber bewegte sich die eiserne Jungfrau mit ihren Kindern, die Kleider von Uhubälgen trugen, vor die Domtreppe. Sie tanzte zu einem Spiele seltsamer Funken mit ihnen, drohte dem Schuster und rief, als sie sich beim Glockenschlage in die Lüfte hob, sie fahre um die Welt und kehre nächste Nacht zurück, und wenn den Schuhen auch nur ein Stich fehle, so sei er verloren und seine Frau mit ihm.

Aber der Schuster war gerade fertig geworden, packte Schuhe und Handwerkszeug zusammen und ging heim. Seine Frau, die am Morgen nach der neunten Nacht auf ihrem Teller ein Zuckerschwein, nach der zehnten ein unnützes Hasenohr gefunden hatte, brachte am elften Morgen die Haarlocke eines Kindes mit und hob alles sorgsam auf.

In der letzten Nacht nun stellte der Schuster die fertigen Schuhe auf den Handwerkskasten und wartete mit ihnen an der Domtreppe. Gleich nach dem zwölften Glockenschlage bewegten sich, ohne daß irgendwo Lärm aufstieg, aus allen Gassen hohe Gestalten dem Dome zu, der sich von innen her erhellte und die drei Tore öffnete. Der Schuster mochte seinen Augen nicht trauen; denn die da kamen, das waren die Heiligen und Helden der hundert Kirchen und Kapellen, und ihre Gesichter leuchteten in goldenem Schein. Er sah den Ritter Georg in silberner Rüstung, den Maurer Reinold, der gleich einem Edelmann einen goldenen Gürtel um den Rock trug, Könige und Knechte, auch einen Kaiser mit der Krone, Alban und Andreas, den gelehrten Albertus, eine Jungfrau, die eine Harfe spielte, die Bischöfe, Kunibert und Severin und den Ritter Martin, dem ein Bettler folgte, zuletzt aber eine Königstochter, schneeweiß gekleidet, im Kreise zahlloser Jungfrauen. In jedem der drei Tore stand ein König im Feierstaate und führte die Heiligen, die fröhlich blickten, in den Dom. Als die letzten eingetreten waren, schlurfte die eiserne Jungfrau mit ihren Kindern in den Uhubälgen an, und hinter ihnen kam die Frau Holle. Sie ging aufrecht und feierlich, derweil ihr Goldhaar wehte, trug ein silbernes Gewand und trat vor den Schuster. Der reichte ihr die Schuhe und half ihr, die barfuß schritt, hinein, schnürte die Schuhe zu und freute sich, daß sie paßten, als hätte er dreimal Maß genommen. «Das hast du gut gemacht», sagte die Frau Holle, «ein Schuster, der so fein arbeitet, kann nicht verderben. Dein Lohn wird nicht ausbleiben. Feire nun und sieh zu, was im Dom geschieht.»

Darauf stieg sie die Stufen hinan, und in dem Augenblick, in dem sie den Dom betrat, hub die Orgel an und spielte einen festlichen Tanz. Da begannen, so sah der Schuster, der bis an das Tor gefolgt war, die Heiligen zu tanzen, und die steinernen Apostel, die im hohen Chore standen, schwebten von den Säulen herunter, schritten zwischen die Jungfrauen und wogten bald mit im Wohlklang des Reigens. Es war ein wundersames Spiel der Paare, und der Schuster dachte an das Wort, das da sagt: Die ewige Weisheit freue sich an allen Bildern der Menschen, und selbst die Teufel seien genötigt, ihr Lieder zu singen und den Heiligen die Hand zu reichen, wenn sich die Stunde der letzten Rauhnacht erfülle und mit ihr das Licht seine Kraft zurückgewinne. Die Frau Holle tanzte für sich, und sie schien sich der neuen Schuhe zu freuen, die ihr der Schuster geschenkt hatte. Auch die eiserne Jungfrau tanzte im Kreise ihrer Kinder, und die Uhubälge, dachte der Schuster, wandelten sich in braune Seidenschleier. Da stieg auch noch der Riese, der in wallendem Umhang ein Kind auf den Schultern trägt und unter dieser Last lächelt, von seiner Säule, watete zwischen den Tanzenden her und bewegte sich im Reigen um die Frau Holle. Sie lachte dem Kinde zu, und das Kind schlug in die Hände, lachte wie sie und bog sich selig auf dem Rücken des Riesen zu den Klängen der Orgel. Die Brünnen der Ritter blitzten, die langen Gewänder der Frauen flogen leicht und warfen schöne Falten, und der Maurer Reinold mit dem goldenen Gürtel, den sich die Königstochter zum Tänzer erkoren hatte, wiegte zu der Melodie der Orgel seinen Kopf hin und her, wie wenn er sein Leben lang getanzt hätte. Die drei Könige aber standen vor dem Altar, winkten der Frau Holle und blickten gütig und froh. Das war ein Glitzern und Gleißen um den Säulenwald des Domes, seine Gewölbe und Winkel, daß dem Schuster fast die Sinne vergingen und er froh war, als schließlich das Licht nachließ und die Frau Holle aufhörte zu tanzen. Sie schritt rücklings dem mittleren Tore zu, und als die Heiligen und die eiserne Jungfrau ihr folgten, machte sich der Schuster an seinen Handwerkskasten. Er sah noch, wie die Apostel und der Riese mit dem Kinde an ihre Säulen zurückschwebten, die drei Könige hingegen in dem goldenen Schrein verschwanden, der auf dem Seitenaltare stand: Dann schlug es ein Uhr, und der Dom war wieder finster wie vorher. Auch die Frau Holle war nicht mehr zu sehen, und der Schuster wartete eine Weile und betrachtete die Sterne, die friedlich über der Stadt leuchteten. Da erkannte er das Dreigestirn, und ihm fiel ein Wort seines Vaters ein, das gesagt hatte, wer Dreikönigen um Mitternacht drei Sterne sehe, dicht beieinander, der erlebe ein gutes Jahr.

Er nahm also seinen Kasten, ging heim und schlief gründlich aus, und als ihm seine Frau morgens frisches Leder ans Bett brachte, drei Ellen lang und drei Ellen breit, und sagte, das habe auf dem Teller gelegen, wußte er, wie die Frau Holle ihr Versprechen gehalten hatte. Er sprang hurtig aus den Federn und kleidete sich an, und da die Frau nach den Dingen der zehnten und elften Nacht sah, hatte sich das Hasenohr in Pech, die Haarlocke in lange Hanffäden verwandelt, so daß der Schuster gleich begann, ein Paar Schuhe zuzuschneiden.

Das Handwerk ging ihm fröhlich ab, und er sang wieder wie früher. Da war denn bald die Armut zu Ende, und dem ersten Käufer folgte der zweite, diesem der dritte. Das Leder aber nahm nicht ab, wieviel Schuhe der Schuster auch zuschnitt, so daß er in einem Jahre ein reicher Mann wurde und seine Frau glücklich mit ihm war. Als ihnen gegen den Herbst auch ein Kindlein in der Wiege lag, ein kleiner Schuster, wie die Frau scherzte, der kräftig schrie und Augen hatte wie der große, fehlte ihnen nichts mehr.

Sein Geheimnis bewahrte der Schuster bis zu den Rauhnächten des kommenden Jahres. Da erzählte er der Frau, was geschehen war, und sie dankten noch einmal der Frau Holle. Das Leder nahm jetzt zwar ab, wenn er zuschnitt, und er kam auch schließlich ans Ende. Doch er hatte nun Geld und konnte neues Leder kaufen, soviel er wollte, und es hieß in der Stadt am Strome, kein Schuster mache die Schuhe so geschickt und fein wie der Meister in der Hafengasse, dessen Frau immerfort singe und ihn froh halte.

So blieb es Jahr um Jahr, und wenn der Schuster nicht gestorben ist, lebt er heute noch in der Hafengasse und pinnt.

Nachwort

Das Märchen ist alt und bleibt ewig jung, unerschöpflich wie die Natur, die Jahr um Jahr neue «Schöpfungen» treibt, aus altem Garten Knospen, Blüten, Blätter und Früchte, und so oft wir im Frühling, Sommer oder Herbst hinblicken: Immer wieder freut uns frische Form aus lang geprägter Art.

Nicht auf neue «Motive» kommt es dem Märchen an, sondern darauf, die alten, mit Paul Zaunert dem Forscher zu sprechen, umzuformen, zu entfalten, in neue Einheiten zu binden.

Das Märchen lebt: Die Kraft des Volksgeistes also, Leben und Schicksal kindweltfroh – aus dem unerschütterlichen Glauben an die Güte der Welt – zu schauen, zu gestalten, zu erzählen.

In zwanzig Jahren des Umganges mit meinen Kindern, denen das Jahr ihrer dörflichen Heimat, dem Worte Wallensteins getreu, es habe eine heiligende Kraft, Born des Lebens werden wollte und mußte, wuchsen diese Märchen auf die zwölf Monde, und lange, bevor ich sie niederschrieb, lebten sie im Worte und kehrten Jahr um Jahr zu ihrer Stunde wieder. Sie knüpften an altes Brauchtum an, griffen Bekanntes auf, und jede Stunde, die sie erzählte, schenkte ihnen aus den Blicken, oft genug auch aus dem Munde der Lauscher, neue Triebe und Schößlinge.

Da ich sie nun zum Buche band, erscheinen sie mir, auf der Grenze zweier Zeitalter, fast wie verklärender Abschied und dennoch als Sinnbild jener rheinländischen Art, die der Volkschaft zu allen Zeiten den unerschütterlichen Glauben an die «Kunftzeit» darlebt, die stark steht im Tag, dazu aber getragen ist von der Melodie des Ewigen, deren Fülle der Strom dem Blut seiner Männer und Frauen, seiner Kinder schenkt, heute und immerdar.

Aus dem Kreis der Sippe treten diese Märchen in die Welt: Ob sie sich bewähren, wird die «Kunftzeit» lehren. Jedenfalls suchen sie die «Empfänglichen», unter Alten und Jungen die Kindweltfrohen, die Männer und Frauen, Jungen und Mädchen, die nicht nur durch den Tag hetzen, die vielmehr wahrhaft leben wollen und deshalb der heiligenden Kraft des gestalteten und gestaltenden Jahres bedürfen.

Im Frühjahr 1939 Theodor Seidenfaden